共和国故事

举国同哀

——河北唐山发生强烈地震

董 胜 编写

吉林出版集团股份有限公司

图书在版编目（CIP）数据

举国同哀：河北唐山发生强烈地震/董胜编. —长春：吉林出版集团股份有限公司，2010.3

（共和国故事）

ISBN 978-7-5463-2637-5

Ⅰ. ①举… Ⅱ. ①董… Ⅲ. ①纪实文学–中国–当代 Ⅳ. ①I25

中国版本图书馆 CIP 数据核字（2010）第 045924 号

举国同哀——河北唐山发生强烈地震
JUGUO TONG'AI　　HEBEI TANGSHAN FASHENG QIANGLIE DIZHEN

编写	董胜		
责任编辑	祖航　宋巧玲		
出版发行	吉林出版集团股份有限公司		
印刷	三河市嵩川印刷有限公司		
版次	2010 年 3 月第 1 版		2022 年 1 月第 8 次印刷
开本	710mm×1000mm　1/16		印张　8　字数　69 千
书号	ISBN 978-7-5463-2637-5		定价　29.80 元
社址	吉林省长春市福祉大路 5788 号		
电话	0431–81629968		
电子邮箱	tuzi8818@126.com		

版权所有　翻印必究

如有印装质量问题，请寄本社退换

前　言

　　自1949年10月1日中华人民共和国成立至今,新中国已走过了60年的风雨历程。历史是一面镜子,我们可以从多视角、多侧面对其进行解读。然而有一点是可以肯定的,那就是,半个多世纪以来,在中国共产党的领导下,中国的政治、经济、军事、外交、文化、教育、科技、社会、民生等领域,都发生了深刻的变化,中国人民站起来了,中华民族已屹立于世界民族之林。

　　60年是短暂的,但这60年带给中国的却是极不平凡的。60年的神州大地经历了沧桑巨变。从开国大典到60年国庆盛典,从经济战线上的三大战役到经济总量居世界第三位,从对农业、手工业、资本主义工商业的三大改造到社会主义市场经济体制的基本确立,从宜将剩勇追穷寇到建立了强大的国防军,从废除一切不平等条约到独立自主的和平外交政策,从"双百"方针到体制改革后的文化事业欣欣向荣,从扫除文盲到实施科教兴国战略建设新型国家,从翻身解放到实现小康社会,凡此种种,中国人民在每个领域无不留下发展的足迹,写就不朽的诗篇。

　　60年的时间在历史的长河中可谓沧海一粟。其间究竟发生了些什么,怎样发生的,过程怎样,结果如何,却非人人都清楚知道的。对此,亲身经历者或可鲜活如昨,但对后来者来说却可能只是一个概念,对某段历史的记忆影像或不存在,或是模糊的。基于此,为了让年轻人,特别是青少年永远铭记共和国这段不朽的历史,我们推出了这套《共和国故事》。

《共和国故事》虽为故事,但却与戏说无关,我们不过是想借助通俗、富于感染力的文字记录这段历史。在丛书的谋篇布局上,我们尽量选取各个时代具有代表性或深具普遍意义的若干事件加以叙述,使其能反映共和国发展的全景和脉络。为了使题目的设置不至于因大而空,我们着眼于每一重大历史事件的缘起、过程、结局、时间、地点、人物等,抓住点滴和些许小事,力求通透。

历史是复杂的,事态的发展因素也是多方面的。由于叙述者的视角、文化构成不同,对事件的认知或有不足,但这不会影响我们对整个历史事件的判断和思考,至于它能否清晰地表达出我们编辑这套书的本意,那只能交给读者去评判了。

这套丛书可谓是一部书写红色记忆的读物,它对于了解共和国的历史、中国共产党的英明领导和中国人民的伟大实践都是不可或缺的。同时,这套丛书又是一套普及性读物,既针对重点阅读人群,也适宜在全民中推广。相信它必将在我国开展的全民阅读活动中发挥大的作用,成为装备中小学图书馆、农家书屋、社区书屋、机关及企事业单位职工图书室、连队图书室等的重点选择对象。

编 者
2010年1月

目录

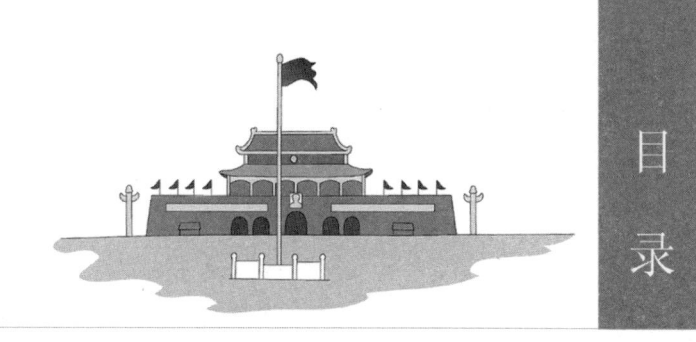

一、危情时刻

大地震发生在凌晨/002

新华社播发地震消息/005

想起震前的异常现象/007

唐山只留下一片废墟/012

二、中央关注

火速向中央上报灾情/018

中央紧急部署抗震救灾事宜/022

中央发出慰问电派出慰问团/025

大量救灾物资运抵唐山/028

河北省委领导赶往唐山指挥/032

唐山市委组织群众自救互救/038

保障灾区群众基本生活/042

三、紧急救援

解放军紧急奔赴灾区/048

争分夺秒拯救被埋者/053

保护大坝，保卫唐山/061

医护人员奋力救治伤员/065

目录

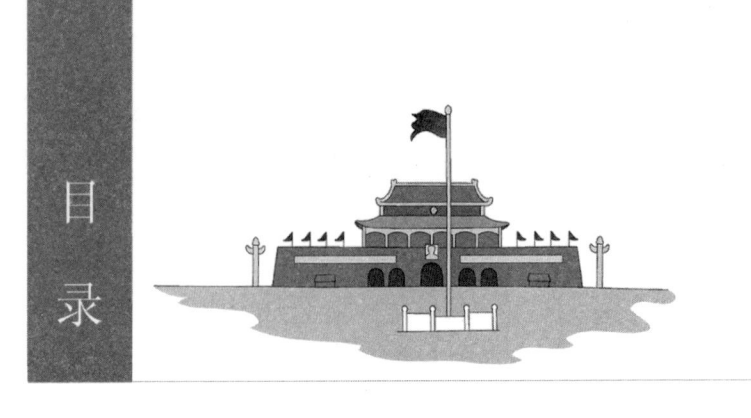

震后迅速抢救受灾群众/076

将遇险外宾安全撤离唐山/082

矿井下成立临时指挥部/086

四、全国支援

各地医疗队急赴灾区/092

各地妥善转运安置伤员/099

各部委大力支援灾区/108

组织力量防病防疫/111

一、危情时刻

- 正在天津市访问的澳大利亚前总理惠特拉姆被惊醒了,他赶忙起床。他看见他所居住的宾馆墙壁出现了裂缝。

- 大地震发生后,唐山被漫天迷雾笼罩着,石灰、黄土、煤屑、烟尘,混合成灰色的烟雾,浓极了,像悬浮于空中的帷幔,无声地笼罩着这片废墟,笼罩着这座充满悲伤与哭号的城市。

大地震发生在凌晨

1976年7月28日凌晨,在河北省唐山,一切都和往日一样,夜深人静,人们正处于熟睡之中,大街上几乎看不见行人,整座城市进入了甜甜的梦乡。

在开滦矿务局唐山矿的高高井架上,天轮以正常的速度有规律地旋转;新落成的开滦医院大楼,透出几缕宁静柔和的灯光,给人们送去几许平安与温馨。

3时,在唐山机场某连服役的士兵高岩被叫醒换岗,这是一班到4时40分的夜岗。高岩当时的感觉是,外面怎么这么静啊?连每天夜岗时咬得他难受至极的蚊子都不见了,他感觉今夜真是美极了。高岩按惯例隐蔽到距雷达天线20多米的果树下值岗。

时间大约到了3时30分,天地越发显得昏暗起来,一种莫名其妙的恐惧感爬上高岩的心头,他身上的每根神经都绷紧了。

突然,从雷达天线车的方向传来一阵金属的哆嗦声,10多米高的塔形铁掌显然正在被一股巨大的力量摇晃着。

"有情况!"高岩警觉地端好枪,一步步向发出声响的地方跑去。一步,两步,三步……第五步还没落脚,天线上空忽然闪出一个月亮般大小、边缘松散的大白球。那令人毛骨悚然的白光,把大地足足照亮了两秒钟,房屋、果树、小草等都清晰地出现在他的眼前。还没等天暗下来，高岩突然感觉到脚下剧烈地摇晃起来，翻江倒海似的。

紧接着，沉雷般的隆隆声由地下奔腾而来，"轰隆隆，轰隆隆……"。

大地疯狂般地抖动起来，把整个唐山从酣睡中忽地抬起，抛向天空，又无情地砸下。只听见到处稀里哗啦的倒塌声和撕裂声，接着便传来人们惊恐万状的呼叫声。

顷刻间，在巨大的夜幕下，由疏密相间的灯光勾画的这座美丽夜城，经过几次上下颠簸和左右撕扯，瞬间变成了一片瓦砾废墟。

美丽的煤都唐山市，消失得如此迅速，几乎没来得及让人有一个闪念的思考，一团巨大的蘑菇状烟雾便掀腾而起，覆盖了整个唐山市的上空。

整个唐山市被震碎了。早起的清洁工人被摔倒在地上，还不断地被掀来掀去。他亲眼看见树梢就像一把把大扫帚似的在大街上扫来扫去。地面的断层扭动着，产生的巨大旋转力使抱住树干的人都绕树转了好几圈。

行进中的汽车也旋转了180度，失去了方向。整个城市的树木、石头、砖块等物都被抛起两米以上。

地下水从地面裂缝中直冲而上，不停地翻滚着。浑浊的黑水从地下喷射而出，有的水柱高两三米，在唐山东南部平原局部地段形成密集的高低相间的喷水柱。

地面的积水在淌流，发出"哗哗"的巨响。西部地段的地下热水汽直往上涌,马路上躲避地震的人都有烘烫的感觉。

一场千载罕见的大地震爆发了!

新华社播发地震消息

几乎在唐山发生强烈地震的同时，天津市也发出一片片房倒屋塌的巨响。正在天津市访问的澳大利亚前总理惠特拉姆被惊醒了，他赶忙起床。他看见他所居住的宾馆墙壁出现了裂缝。

北京市，整个城市也摇晃不止，从熟睡中惊醒的人们纷纷跑出屋外。大家看到，几乎所有的建筑好像被强有力的钢铁手臂推拽一般，连天安门城楼上粗大的梁柱都发出仿佛就要断裂的"嘎嘎"声。

整个华夏大地，北至哈尔滨市，南至安徽蚌埠、江苏靖江一线，西至内蒙古磴口、宁夏吴忠一线，东至渤海湾岛屿和东北国境线，都有强烈震感。强大的地震波早已以人们感觉不到的速度和方式，传遍了整个地球。

在美国阿拉斯加帕默天文台，骤然响起扣人心弦的警钟。按规定，住在离天文台只有5分钟路程的4名地震学家和2名技术人员，迅速赶到天文台观察仪器。

他们发现，在警钟敲响的时候，阿拉斯加州地面上下跳动了大约0.3厘米。阿拉斯加州的居民们纷纷打来电话询问：发生了什么事情？是否是地震？

地震学家们很快意识到，地球上发生了大地震。

当时，虽然没有得到关于震中的确切情报，可是所有的地震学家都能感觉到，一场巨大的地震已经发生了，而且震中就在中国某地。

当日，全世界的各大通讯社都公布了各自地震台的记录结果。

美国全国地震情报中心称：

中国北京东南 100 英里发生地震。

日本的气象厅称：

中国发生 7.5 至 8.2 级地震，震中在内蒙古。

中国香港的天文台宣布：

中国河北省发生 8 级左右的地震，震中在北纬 39.6 度，东经 118.1 度，距唐山极近。

7 月 28 日，中国新华社向全世界播发了如下消息：

新华社 1976 年 7 月 28 日讯：我国河北省冀东地区的唐山、丰南一带，在 1976 年 7 月 28 日 3 时 42 分发生强烈地震。

想起震前的异常现象

唐山大地震的发生,似乎是一场难以预料、无法阻止的巨大灾难。大地震发生以后,大家才想起震前发生的种种异常现象。

据北戴河、蔡家堡一带的渔民回忆说,在7月20日前后,鱼儿像疯了一般,纷纷上浮、翻白,极易捕捉。渔民感到纳闷的同时,还以为遇到了从未有过的好运气。

河闸附近,孩子们光着身子用小网兜鱼,鱼儿简直是往网里跳,不长的时间就能兜几十斤的鱼。

唐山市赵各庄煤矿的陈玉成回忆说,7月24日,他家两只鱼缸里的金鱼,争着跳离水面,跃出缸外。他把跳出的金鱼放回去,金鱼居然仍往外窜。

7月25日,在唐山以南的天津大沽口海面上,"长湖号"油轮的船员看见油轮四周海面的空气吱吱地响,一大群深绿色翅膀的蜻蜓飞来,栖在舷窗、桅杆和船舷上,密密的一片,一动也不动,任人捕捉,一只也不起飞。

过了不久,船上的骚动更大了,一大群五彩缤纷的蝴蝶、土色的蝗虫和黑色的蝉,以及许许多多麻雀和不知名的小鸟也飞来了,仿佛是不期而遇的大聚会。

天津市郊木场公社和西营门公社的人,都看见成百上千只蝙蝠,大白天在空中乱飞。

从7月25日起，唐山以南宁河县潘庄公社西塘坨大队的一户人家，房梁下的老燕就像发疯一样，每天将小燕从巢里抛出去。主人将小燕捡回去，随即又被老燕抛出来。7月27日，老燕带着剩下的两只小燕飞走了。

大自然以种种方式在提示着人们。在唐山东南的海岸线上，浪涛发出动人心魄的喧响。

从7月下旬起，北戴河一带的渔民就感到疑惑：原来一向露出海面的礁石，怎么被海水吞没了？

距唐山较近的蔡家堡至大神堂海域，渔民似乎不太相信自己的眼睛：那从来是碧澄澄的海水，为什么变得一片浑黄呢？在不平静的海的深处，就像有一条传说中的龙在摆动，搅动着海底深处的泥土。

据当时在秦皇岛附近水域作业的一位潜水员说，他看见一条色彩绚丽的光带，似一条金色的火龙，转瞬即逝。

距唐山200多公里，海拔1350米的延庆县佛爷顶上的一台测雨雷达，以及附近一台空军警戒雷达，在26日、27日，连续收到来自京、津、唐上空一种奇异的扇形指状回波。这种回波与海浪干扰、晴空湍流等引起的回波都不一样，监测人员十分惶惑。可是，京、津、唐的人们却在这个强大的磁场中毫无察觉。

7月27日，唐山北部一个军营里，几个士兵惊叫起来，他们发现地下的一堆钢筋莫名其妙地迸发出闪亮的光，仿佛一个隐身人在那里烧电焊。

在唐山林西矿区，飘来一片淡黄色的雾，令人迷惑。人们看不清这世界的面目，更弄不清大自然正在酝酿着什么样的悲剧。

7月27日深夜，唐山市郊栗园公社茅草营大队的王财在深夜看完电影后回家时，看见4只鸭子依然站在门外。一见主人，它们齐声地叫起来，伸长脖子，张开翅膀，摇摇晃晃地扑来。王财走到哪儿，它们就追到哪儿，拼命地用嘴拧他的裤腿。

唐山市郊栗园公社的王春衡，亲眼看见他二大爷家里的猫隔着帐子挠人，非要把人挠醒不可。

在那一夜，唐山周围方圆几百公里的地方，人们都听见了长时间的尖厉的犬吠。

在3时多，丰润县左家坞公社扬谷塔大队的100多匹马全部挣断缰绳，争先恐后地跑出马厩，在大路上撒蹄狂奔。

昌黎县有几个看瓜员，看到距离他们200多米远的上空忽然明亮起来，照得地面发白，西瓜地中的瓜叶、瓜蔓都清晰可辨。"怎么，天亮了？"看瓜员不相信，他一看表，才3时。他正纳闷，天又忽然变暗了，有如墨染的一般。

在那一刻，大地正沉浸在灾难之前的宁静之中。

在大地震发生之前，神秘的夜空也在不断变幻光泽。在震前1小时左右，夜空多处出现红色、紫色、粉红色的光柱，彩蛇似的条带和火龙般的光带闪闪发光，逝而复生，即闪即逝，五颜六色，形态各异，在黑暗夜空的背景上，犹如火龙当空飞舞，犹如彩带在空中荡漾。

在地震爆发前的几分钟，震区的地光开始同步出现，频度、强度不断增强。

忽然，天空亮如白昼，连对面楼房的墙缝都清晰可见。颜色各异的光持续地映现在冀东的夜空，由蓝变红、由红变白……

在震前 1 分多钟，距震中 25 公里的东北夜空，像雷电似的辐射出 3 道刺眼的光束，在瞬间又消逝了，随即 3 股蘑菇状烟雾喷吐在夜幕上。

在地光出现的同时，还伴有地吼声。声音远远而来，从天上到地下，从地下又回转到天上。飓风似的吼叫声铺天盖地，犹如千军万马奔驰而来，又似千万只猛虎下山，疯狂地嘶叫，使人毛骨悚然。

在地震即将来临之时，唐山市内小山区的天空一会儿发红，一会儿又变暗。似暴风雨来临一般，"大风"从东北方向刮来，只听见"风声"很大，但吹到身上感觉并不大。

"风声"过后，天空忽然亮得厉害，脚下的东西都看得一清二楚，似耀眼的闪电一样，但比闪电持续时间更长，有七八秒时间，颜色为白光略带红彩，亮光消逝后便显得特别漆黑。

顷刻之间，地震发生了！

显然，在唐山大地震之前，许多人都收到了来自大自然的预警信号。

但是，这些信号也具有不确定性。比如，天气闷热也会使鸡犬不宁，连日多雨也会使井水突涨。人们也正是用最寻常的经验解释了那些"异常"现象，忽略了那些频频出现的异常现象。

一场灾难就这样倏然降临了。

唐山只留下一片废墟

大地震发生后,唐山被漫天迷雾笼罩着,石灰、黄土、煤屑、烟尘,混合成灰色的烟雾,浓极了,像悬浮于空中的帷幔,无声地笼罩着这片废墟,笼罩着这座充满悲伤与哭号的城市。

已经听不见大地震时核爆炸似的巨响,也听不见大地颤抖时发出的深沉喘息。数小时前,唐山还是那样美丽,现在,它却面目全非了,一切都来得那么突然。

大雾还没有散去的迹象,蒙蒙之中,大家看到,唐山火车站东部的铁轨呈蛇形弯曲,其轮廓就像一只扁平的铁葫芦。

开滦医院的七层大楼,好像一座三角形斜塔,顶部仅剩两间病房大小的建筑,颤巍巍地斜搭在一堵随时可能塌落的残壁上。阳台全部震塌了,三楼的阳台垂直地砸在二楼的阳台上,欲落未落,摇摇欲坠。

唐山市第十中学前面那条水泥马路被拦腰折断,一截向左,一截向右。

更令人触目惊心的是,在地裂缝穿过的地方,唐山地委党校、东新街小学、地区农研所以及整个路南居民区,都像被一只巨手从地面上抹去了似的,不见了。

一场大自然的恶作剧使唐山面目全非，桥梁折断，烟囱倒塌，列车出轨。七零八落的混凝土梁柱，摇摇欲坠的楼板，到处是断墙残壁……

在浓浓的雾气中，呻吟声，呼喊声，脚步声，还有沉重的喘息声汇合在一起。

最让人心颤的是那一具具挂在危楼上的尸体。有的仅仅一只手被楼板压住，砸裂的头耷拉着。有的跳楼时被砸住双脚，整个人倒悬在空中。

这是遇难者中最警觉的一群，他们从酣梦中惊醒逃生，然而他们的逃生之路却被死神无情地截断了。

有一位年轻的母亲，在三层楼的窗口已经探出半个身子，沉重的楼板便落下来把她压在了窗台上。她死在半空，怀里还抱着孩子，在她死去的那一瞬间，母亲还本能地保护着小生命。

形形色色的人影，在灰蒙蒙的雾气中晃动。他们惊魂未定，步履踉跄，像一群梦游者。他们麻木了，泪腺、声带、传导疼痛的神经系统似乎都麻木了。谁也想不到会有这么一场浩大的劫难，他们无暇思索，无暇感觉，甚至来不及为骨肉分离而悲恸。

这次里氏 7.8 级的大地震，令唐山这座拥有 100 多万人口的城市，在一瞬间被夷为平地。过半数的唐山市民非死即伤。侥幸逃出垮塌房屋的人们，匆忙地逃生，他们很多人都衣不蔽体。

他们实在是被这场大灾难吓呆了,他们忘了穿上衣服,忘了料理伤口,呆呆的,不知道说什么好。

当晚在滦县北面又发生一次里氏7.1级的强烈余震,宁河等处也多次发生里氏6级左右的余震,摧毁了那些本来就岌岌可危的建筑。

唐山地区东部各县靠近震中的地方,震害的重叠十分明显,破坏尤其惨重。

迁安滦河大桥,里氏7.1级地震后桥梁下落,砸倒桥墩,三孔坍塌。桥南部的山北坡基岩岩体崩塌,直径1米左右的巨大滚石滑落,堆积在公路上。

滦县城东的滦河大桥,里氏7.8级地震后遭到破坏,但尚能通车,晚上的强余震使35孔大桥有24孔落架,正在桥上通行的6辆马车、1辆汽车和3辆自行车都掉进了波涛滚滚的滦河中。

太阳终于出来了,当这轮火球像往常一样高高悬挂的时候,浑浊的浓雾才开始在炽热的强光照耀下慢慢变薄,慢慢散去。

当浓雾即将散尽的时候,惊恐的人们忽然发现,两只从动物园逃出来的同样惊恐的狼相依着,站在黑色的废墟上,孤单地睁着惊恐的眼睛,余悸未消地喘息着。

突然,两只狼纵身一跳,箭一般地蹿向凤凰山顶。在断崖前,两只狼终于站住了,犹如石雕一般。面对山下整个破碎的唐山,面对这样无边的废墟,两只狼都发出酷似人声的凄厉的嗥叫。

太阳出来后，人们看到的情况更是惨不忍睹，无数刚从废墟中挖出的伤员，有的脚或手臂被活生生截断，大动脉用绳子紧紧扎住，雪白的骨头露着，生命垂危；有的头被砸破，裹着绷带。

7月28日的清晨，缥缈的雾气以及充满恐怖的狼嗥久久不散，人们被笼罩在这巨大的恐怖与灾难之中。

唐山城乡大部分房屋在地震中倒塌，或遭受到严重破毁。

房屋，本是人类保护自己、抗风御雨的处所，是人类文明进化、美化生活的标志，然而在这场大地震中，它们却让人们处在灾难之中。

大家都深感痛惜，唐山是华北著名的工业城市，工业生产总值约占全中国的1%。

大家都知道，唐山素有煤都之称，煤产量占全国的1/20，支持着中国的主要钢铁厂。唐山的电力举足轻重，陡河发电站是当时华北电网的主力电站之一，是当时我国最大的火力发电站。

唐山还是著名的"华北瓷都"，可与景德镇的陶瓷一比高下。唐山还有冶金、纺织、水泥、汽车、机械制造等许多重要的企业。

然而，一场突如其来的大地震，使得这个华北的重工业城市，几乎看不到一根直立的烟囱。

无情的地震使唐山变成一片废墟。全国人民都处在悲痛之中，大家牵挂着唐山人民的安危，决定伸出援助之手挽救唐山。

二、中央关注

- "得赶快想办法救人!"李先念提高声音急切地说。

- 南来北往的飞机像群燕般在空中盘旋,地面上起降的飞机上下穿梭。

- 5时左右,唐山市委第一书记许家信被救出。不久,副书记张乾、毕新文先后被救出。他们互相搀扶着来到当时唐山最宽阔的马路——新华路上。

火速向中央上报灾情

7月28日的大地震，在眨眼之间，几乎把唐山市区所有的人埋在了废墟之下，黑暗笼罩了一切。惊恐万状的人们稍一冷静，便立刻想到了党，得赶紧向中央报告，那是他们唯一的希望。

最先从废墟中爬出来的人们，通过各种渠道不约而同地向党中央报告灾情。

解放军驻唐山某部通讯营无线电连报务员吴东亮那天当班，突然，强烈的地震把他摔倒在地，很重的调压器滚落下来，砸在他的左脚上，他的大脚趾似针扎一般。他的头被电键砸中，鲜血顺着头发直往下淌。

与此同时，报务房噼噼啪啪地乱响，天花板一块块地往下掉，木板、泥块、白灰满屋乱飞，但他顾不了这些，他急切地想把这里发生的灾情及时报告给上级。

电台是部队首长的耳目，不能中断联系，吴东亮使出全身的力气扑向工作台，紧紧抱住摇晃的电台，直奔门口。但房门已经变形，被碎砖乱瓦堵得死死的，打不开，出不去。

吴东亮急中生智，一下子跳上窗台，伸手一把戳透窗纱，然后抓住窗框，飞起一脚踹开双层玻璃的窗扇，钻出窗外。

电台虽然抢出来了，但震后却停电了，手摇发电机一时又挖不出来，仍然发不了报。

正在心急之时，吴东亮忽然想起屋里有一部备用的"八一"小型半导体电台。这时，砖头瓦块不断从空中斜着往下砸，与报务房相连的器材仓库正轰隆隆地往下倒塌。

在这危急关头，吴东亮不顾生命安危，毫不犹豫地再次从窗户冲进报务房，摸黑把备用电台抱了出来。

吴东亮第三次冲进随时可能倒坍的报房，抢出了发报必需的耳机、电键、转换插孔插头和联络文件等。

4时3分，吴东亮按动电键，向在京的上级部队机关发出了第一份电报：

请老台长（首长）速转告党中央和毛主席，河北省唐山市发生了强烈地震，房屋倒塌，夷为平地，人们埋在废墟之中，火速派部队来唐救援……

对方立即回电：

完全清楚，同意转告。

此时，距地震发生仅21分钟！

开滦唐山矿工会副主席李玉林从废墟里爬出来，他救了几个人，便把家属区的救灾任务交给了工友李成义，急急忙忙往矿党委所在地赶去。在途中，他碰到了矿武装部干事曹国成。

李玉林和曹国成只看见矿党委办公楼成了一个瓦砾堆，没有看到一个人。他俩又看到与开滦矿务局党委只隔一条马路的唐山市委也已是一片废墟了。

正在这时，矿山救护队的司机崔志亮开着一辆矿山救护车迎面而来。原来，崔志亮以为风井出事了，便驾车而来。

三个人走到一起，焦急、震惊已让他们来不及商量和考虑，李玉林对小崔说："你这个车必须听我指挥！我们去北京！"

小崔说："我听你的，你叫我上哪儿，我就上哪儿。"

机电科的老工人袁庆武也跑过来，听说要去北京向党中央、毛主席报告灾情，他也要求一同去。于是，他们四个人一起上车，恨不得一下子飞到北京中南海，将唐山的灾情报告给毛主席。

由于地震，道路毁坏，灾民拥堵，进京的道路十分艰难。尽管如此，他们还是争分夺秒，不到9时，他们便赶到了府右街4号国务院的接待站。

当他们被工作人员领到中南海紫光阁时，国务院副总理李先念疾步上前，紧紧拥抱住满身泥水的李玉林。

接着，陈锡联、吴德等领导人和他们一一握手拥抱，都关切地问："怎么样？"

李玉林等人像孩子见了久别的母亲，激动得大哭起来。李玉林边哭边说："首长啊，唐山全震平了……"他呜咽地说不下去了，在场的人都落下了眼泪。

李先念等中央领导拉着他们的手在会议室坐下后，李玉林将地震的大致时间以及自己所看到的情况，都一一作了汇报。当讲到唐山震后的惨景时，在座的人心情都十分沉重，都不时地擦着眼泪。

稍停了一会儿，李先念轻声问道："井下有多少人？"

李玉林说："一万多人！"

"这上万人，危险了……"李先念说。

李先念又问："唐山楼房多还是平房多？"

李玉林说："路北楼房多，路南平房多，一半对一半吧。"

"得赶快想办法救人！"李先念提高声音急切地说。

中共唐山市委常委、宣传部部长赵俊杰，受命辗转到遵化机场，向中央报告唐山震情。

中央答复说：

> 唐山地震情况中央已知道了，正在作抗震救灾的部署，河北省委第一书记刘子厚和北京军区的负责同志很快去唐山，与你们共同组织抗震救灾工作。

中央紧急部署抗震救灾事宜

7月28日清晨,在北京中南海紫光阁会议室里,中共中央和国务院领导同志的脸上都布满了愁云。

8时许,中共中央政治局为发生强烈地震而召开了紧急会议。震中虽已初步确定,但具体灾情还不详。

为此,中央特派煤炭工业部部长肖寒、中共河北省委第一书记刘子厚、北京军区副司令员肖选进、副政委万海峰等乘专机赴唐山考察灾情。

为使工作有针对性,中央政治局原计划等待考察组返京,全面听取他们的汇报后,再作抗震救灾的全面部署。

李先念、陈锡联、吴德等几位中央领导,则仍然留在会议室里,有的围着一张大地图轻声议论,有的则低头踱步,焦急地等待着唐山的消息。

李玉林他们的到来,使中央对唐山的情况有了比较具体的了解,对及时统一部署抗震救灾工作起到了至关重要的作用。

中央领导向身边的工作人员说:"马上给南苑机场挂电话,告诉子厚同志,唐山来人了,请他们到唐山后不要回来了,就地指挥抗震救灾!"

紫光阁会议室里的气氛十分紧张,党中央要立即全面部署唐山的抗震救灾工作。人命关天，必须争分夺秒！

"李玉林同志，你们是从灾区来的，掌握着第一手的情况，听一下你们的意见。"听完汇报，中央领导一字一句地说。

"请赶快派解放军到唐山救灾，越多越好！"李玉林顾不得客套了，直截了当地提出要求。

"老陈，哪个部队近？"中央领导问。

"二十四军、三十八军、三十九军、四十军、六十六军、六十七军……"陈锡联马上说出一连串部队番号和驻地。

就这样，李玉林他们提出一条，会上便决定一条。几位中央领导一会儿站起来，一会儿坐下，一会儿又站起来。

中央领导说："叫总参来人！""让空军来人！"

李先念说：

"通知卫生部、商业部、煤炭部、国家物资总局的领导，立刻到这里开会！

"请把全国各大矿的矿山救护队全部调到唐山！

"请让全国各省、市派医疗队到唐山！"

李玉林接连提出的要求，很快得到应允，并及时作了安排。这几个从唐山一起来的汉子，心里都暖暖的，他们感到唐山有希望了。

这时，参加抗震救灾紧急会议的各部委及有关单位已经到齐了。院子里停满了汽车，东南面的大会议室里人已经坐满了。中央领导简单地向到会人员介绍了唐山的灾情。接着，会议作出决定：

全国紧急动员起来，全力支援唐山抗震救灾。为统一领导和组织对灾区的救援活动，成立中央抗震救灾指挥部。

中央发出慰问电派出慰问团

唐山地震的时候,毛泽东正患重病,在中南海,医护人员昼夜值班,有四位中央领导分两班看护重病的毛泽东。

3时多,随着轰轰的响声过后,房子像摇篮一样晃动,毛泽东清醒地意识到这是地震。震中在哪里?灾情怎么样?他心里很惦记这件事。

"主席,这次地震,震中在唐山,北京受到了比较严重的波及,人员伤亡及损失等情况我们已派人去调查,请您安心养病,不要牵挂,保重自己。"

中央领导在毛泽东床前坐下后轻声地说。

毛泽东点了点头,一字一字缓慢地说:"我在病中,这些事儿就要委托你们去办啦。"

两天以后,中央写了一份关于地震情况的报告给毛泽东。当时,毛泽东的病情已经恶化,连说话都很困难了,工作人员要将报告读给他听,他执意不肯,他接过报告坚持着看完。

当毛泽东看到唐山地震中的人员伤亡、房屋等损失情况时,他拿报告的手颤抖着,眼睛里噙着泪花,喃喃地低语指示:

……代我马上去看望、慰问灾区的人民，一定要安置好灾区人民的生活！

这份关于唐山大地震的报告，是毛泽东生前批阅的最后一份文件。

在地震的当天，中共中央向灾区人民发出了慰问电。电文主要内容如下：

河北省、天津市、北京市、北京军区、河北省军区、北京卫戍区、天津市警备区并转唐山及其附近遭受地震灾害地区的各级党委、各族人民和人民解放军指战员：

1976年7月28日，唐山、丰南一带发生强烈地震，并波及天津市、北京市，使人民的财产遭受很大损失，尤其是唐山市遭到的损失极其严重。伟大领袖毛主席、党中央极为关怀，向受到地震灾害的各族人民和人民解放军指战员致以亲切的慰问。

…………

中央相信……各族人民和人民解放军指战员，一定会在省、市党委和部队党委的领导下，在全国人民的支援下，发扬艰苦奋斗的革命精神，以坚韧不拔的毅力，投入抗震救灾斗争，奋发图强，自力更生，发展生产，重建家园。

中央号召灾区的共产党员、共青团员、革命干部、工人、农民、贫下中农和人民解放军指战员……团结起来，与严重的自然灾害进行斗争。下定决心，不怕牺牲，排除万难，去争取胜利！

中共中央
1976 年 7 月 28 日

7 月 30 日，中共中央、国务院派出中央慰问团。总团下设唐山、天津、北京三个分团。

在当日，中央慰问团唐山分团抵达唐山后，立即听取了中共河北省委领导同志关于抗震救灾情况的汇报。

随后，慰问团在河北省委、北京军区负责同志以及唐山地、市委负责同志的陪同下，对驻军干部、战士，街道居民进行了慰问。

8 月 1 日至 6 日，慰问团到丰南、丰润、迁安、玉田、滦南、滦县、东矿等县、区进行了慰问，灾区的人民感受到了中央的关怀和温暖，增强了战胜灾害的信心。

大量救灾物资运抵唐山

在地震后的几小时后，一架直升机轰隆隆地在唐山机场上空盘旋，并紧急降落在唐山机场。这是党中央派出的第一架运送救灾物资的飞机。

紧接着，一架架载着救灾人员和救灾物资的飞机，从北京、上海、沈阳、石家庄、武汉等地不断地飞至唐山。

全国 2000 多架飞机陆续将各省市支援唐山的药品、食品、衣物、粮食、帐篷、毛毯、炊具等运抵唐山，又陆续将伤员分送到全国四面八方进行抢救。

在整个救灾过程中，通过海陆空源源不断地运到唐山灾区的主要救灾物资包括：粮食 3805.5 万公斤，饼干、点心 3644.7 万吨，食糖 1230 吨，肉 947.1 吨，蔬菜 1406 吨，还有大量的衣服、炊事用具、石棉瓦、塑料布等。

"一方有难，八方支援"，各省市积极筹备各种救灾物资，有力地支援唐山人民。

为向唐山市紧急运送救灾物资，按照河北省委指示，在地震当天，省交通局成立抢运办公室，派出领导干部和车管人员前往唐山参加省抗震救灾指挥部工作，负责调度运输车辆，组织对灾区的物资运输。

7 月 28 日下午至晚间，河北省各地区动员大批车辆投入抗震救灾工作。石家庄、邯郸、衡水、承德、邢台、张家口、廊坊、保定等地区运输部门和省战备汽车团组织1200多辆汽车，满载各种救灾物资，长途跋涉，开往灾区。

8月1日前，在运往唐山的大量救灾物资中，仅山西就调运出各种针剂药2.3万支、片剂药90.5万片、水剂药320瓶、纱布1.17万包、药棉100包、胶布1000筒、绷带2.34万轴等。

郑州面粉厂广大职工准备了大量面粉，等待起运给灾区。

郑州肉类联合加工厂为了支援灾区肉类供应，加大了收购屠宰量，并提出要多少给多少。

8月3日，郑州市土产仓库职工在院内拉上电灯，连夜把供应灾区搭棚用的15万公斤麻绳全部装车。

为了抢修被地震破坏的铁路，郑州铁路局迅速组成一支600多人的抢修队伍开赴灾区。7月29日到8月3日，全局抢运各种救灾物资达360车皮。

唐山地震发生后，铁路和公路都受到了严重破坏，开辟空中通道是救灾的唯一选择。

地震造成唐山交通、通信全部中断，唐山人民陷入了"与世隔绝"的困境。在危难时刻，时任空军驻唐山飞机场航行调度主任的李升堂以及航行调度员赵彦修、苏悦林等，克服种种困难，用最原始的指挥方式为唐山人民架起空中的生命通道。

地震发生时，唐山机场调度室及场站遭到严重破坏。李升堂察看机场后，大胆作出"本场可以接受飞机"的决定，他们利用"运–5"飞机上的电报设备，向北京发出了第一份航行预报。

唐山机场是一个中等机场，停机坪只能容纳10多架军用运输机。在正常情况下，这里一年起降飞机也不过300架次，但仅仅7月28日当天，机场就降落了50余架飞机，相当于平时两个月的总量。

李升堂以前只指挥过单机型、单批、单架飞机，但在当时的状况是，全国各地空运的物资以及唐山市数以万计的伤员都需要转接，面对的指挥任务是前所未有的。

7月30日，国务院决定把唐山受伤的群众向全国11个省、市转运治疗。这是新中国成立以来最大规模的空运。南来北往的飞机像群燕般在空中盘旋，地面上起降的飞机上下穿梭。

在机场上，外来的飞机接踵而至，李升堂与战友不得不采用以小型飞机避让大型飞机，速度小的飞机避让速度大的飞机，直升机避让其他飞机的办法，以满足大量飞机起降的需要。

为了保证飞行安全，提高空运效率，航行调度员还采取左右跑道双向起飞着陆的措施。在调度指挥中，他们忘我工作，嗓子喊哑了，眼睛熬红了。

调度员苏悦林身患腰痛肾虚病，在停机坪指挥引导飞机时，平均每天要跑50多公里路，腿和脚都跑肿了。

机场成为唐山人民的生命绿洲。在当时整个指挥系统全部瘫痪的情况下，李升堂和战友用耳听、眼观、头脑分析的办法，指挥着来自全国 30 多个机场、13 种机型 3000 架次飞机的起降。

最多时，从清早到傍晚，平均两分钟就有一架飞机起降，起降间隔最短的只有 26 秒，没有发生一起安全事故。其密度之高、架次之多是世界罕见，也创造了世界航空史上的奇迹。

河北省委领导赶往唐山指挥

7月28日,天刚刚亮,国务院便通知当时正在北京学习的河北省委第一书记刘子厚立即去开会。

天正下着雨,刘子厚的衣裳和鞋都淋湿了。他很快赶到国务院办公地点。

这次会议由李先念主持,当时已确定了这次地震震中在唐山、丰南一带,灾情十分严重。

在这次会议上,党中央、国务院决定成立唐山抗震救灾领导小组,指定刘子厚为组长,北京军区一位副司令员和副政委为副组长,全权负责抗震救灾指挥事宜,由中央派专机送往唐山。

会后,刘子厚回到京西宾馆住所,立即召开河北省委在京的常委会议,决定兵分两路。

一路由尹哲、吕玉兰回石家庄组织省直各有关部门,分别成立支唐工作班子,立即开往唐山,并负责支援唐山抗震救灾的全面工作。

一路由刘子厚、马力、谷奇峰带领,赶往南苑机场,与北京军区的同志会合去唐山。

28日13时30分,刘子厚与副书记马力,北京军区副司令员肖选进、副政委万海峰、政治部副主任郑希文,煤炭工业部部长肖寒和河北省军区司令员马辉等飞抵唐山。

接着，他们视察了部分受灾现场，然后在唐山机场将了解到的灾情及需要采取的措施，通过刚刚恢复接通的军用电话向中央作了汇报，请求中央支援。

电话要点是：

看了唐山市区一角，灾情非常严重，楼房倒坍80%至90%，平房全部完了。估计有40万至50万人被压，现正调部队救人。

开滦煤矿的情况是，唐山矿从风井已出来2000多人，井下还有多少人不清楚。除吕家坨矿受灾较轻外，其他各矿都相当严重，但具体情况不清。与各县的联系中断，已派人派车去联络。

唐山电源全部中断，需请水电部立即派人抢修线路，由天津送电。市区医院已全部震垮，要求卫生部从北京、天津送药品来，本省也要马上组织运送药品，并选派医护人员。

市区居民断水断粮，要立即组织力量送熟食和饮用水。要为灾民解决临时住处用的席子、帐篷、布匹、塑料布等物品，要赶送成衣和旧军衣到灾区。

中央对唐山地震极为关注，除对提出的要求一一办理外，对一些没想到的问题也及时作出了安排，并一再叮嘱，有情况立即报告，有要求及时提出，一定要将群众情绪稳定住，一定要把灾害减到最低程度。

29日上午，河北省委在唐山机场召开了紧急会议，正式成立了河北省唐山抗震救灾前线指挥部，简称"省前指"。省前指由河北省委刘子厚、马力，北京军区肖选进、万海峰、迟浩田，沈阳军区韩鏖，河北省军区马辉、谷奇峰等有关领导组成。

省前指设在唐山机场，下设办公室、组织组、宣传组、行政组、工建交组、保卫组、医疗卫生组、物资组、建房组、农业水利组等办事机构，由省直各单位抽调干部千人左右组成，其中厅局级干部60多名。

会上，对抗震救灾工作作了全面部署：

> 首先要救人，解决运送伤员、掩埋死者、医疗、运输等问题。全省各地区要立即运送药品、包扎和消毒材料、熟食、衣服、汽油、照明器材等。各地来的救护人员要自带车辆，伙食一律自行解决。

会议还决定，各地运来的救灾物资交唐山地、市抗震救灾指挥部统一分配使用，各地派来的救灾人员要由地、市统一指挥。

唐山地、市抗震救灾指挥部负责同志刘琦、许家信、曹子栋参加了会议。

在省会石家庄，设立了河北省抗震救灾后勤指挥部，当时简称"省后指"，其职责是完成省前指交给的任务。他们专门研究了救灾物资问题，并设立了省抗震救灾物资领导小组。

省前指和省后指，形成了一个首尾连贯、协调一致的强有力的救灾指挥系统，保证了救灾工作的顺利进行。

根据当时唐山的实际情况，党中央决定将重伤员运转外地治疗。

遵照中央的指示，省前指设立了运转伤员的专门机构，并决定在石家庄、保定、邢台、沧州等地的车站成立接待站，在伤员过站时，做好慰问、接待工作。

省前指还根据过去战争年代的经验，先后在昌黎、蓟县、丰润、玉田、唐山、丰南、古冶、滦县、秦皇岛、山海关等各中转站设立了兵站医院，临时集中收治和转运伤员。

在抢救伤员、安排好灾区生活的基础上，省前指协同唐山地、市狠抓了通电、通水、通路、通邮这一"生命线工程"的恢复建设。

唐山是京、津、唐电网的发电基地之一。强烈地震使110万千瓦的发电设备受损。为尽快恢复供电，震后第二天，北京电业管理局立即组织电力抢修队，开赴救灾第一线。

7月29日晚，北京的电力送到唐山。30日，市区新华路路灯齐明。31日凌晨，龙王庙水厂和飞机场通电。到8月9日，唐山地区各县都基本恢复了供电。

全市38座水源井的泵房因地震倒塌了22座，还有9座受到严重破坏。新建的市郊水厂及白马山水厂的地面建筑全部倒坍，整个城市断水。

为了尽快恢复供水，省前指会同唐山市组成了"唐山市抗震救灾水源指挥部"，抽调全省自来水系统的干部、职工组成抢修队伍，展开了抗震供水大会战。

从7月30日开始，石家庄、张家口、保定等地的抢修队伍陆续赶到。辽宁营口市自来水公司也派出了具有丰富抗震经验的抢修队伍。

天津自来水公司在本身受灾也比较重的情况下，及时送来抢修设备和器材。各路大军在抢修中分工不分家，团结协作，互相支援。

到8月底，路北区基本上恢复了管网供水，并且使路南区胜利路以北主要干管也实现了通水。

强烈地震使唐山至天津、承德、北京和东北、沿海等地的主要公路干线路面开裂、下沉、积沙、积水。

河北省委责成省交通部门成立了"抗震救灾公路桥梁办公室"。经过数万抢修大军的昼夜奋战，7月30日，修复了旧滦河大桥。

8月5日，雷庄沙河桥恢复通车。8月6日修复了唐山胜利桥。

随后，魏庄、小集、毕家等地的中小桥梁修复通车。

邮电是联系、沟通、指挥的中枢。面对唐山被震毁瘫痪的邮电系统，在地震当天，省邮电局救援组就随同省委主要领导一起来到唐山。

　　北京、天津、辽宁等省、市、自治区和省内各地邮电部门派来的抢修队伍陆续到达唐山，并全力以赴地投入抢险救灾工作。

　　7月29日9时20分，唐山到北京、天津、石家庄和沈阳的直达邮电线路开通。

唐山市委组织群众自救互救

7月28日4时左右，大震刚过，唐山市武装部部长孟华、政委刘萍被救出来了。他们不顾家人的安危，带着满身的伤痕，与武装部其他的脱险同志一起，火速赶到市委书记许家信等领导的住处抢险。

在抢救过程中，脱险出来的市委常委、宣传部部长赵俊杰，上身只穿一件背心，下身围着一条浴巾，赤着脚，不顾一切地跑来。听说许书记还压在废墟下面，他着急地喊着："许书记！许书记！"

"我在这儿，还活着！武装部的同志们在救我，你想办法马上向中央报告，要快！"许家信在废墟里面向赵俊杰喊道。

5时左右，市委第一书记许家信被救出。不久，副书记张乾、毕新文先后被救出。他们互相搀扶着来到当时唐山最宽阔的马路——新华路上。

这条东西长四五公里的马路两旁，过去是整齐的楼房，现在已经全部倒坍。从这里向东南望去，是这次大地震破坏最严重的路南区。

此时，这里已经成为一片瓦砾，连一块立着的墙壁都看不到了。

市委领导为了让群众随时能找到他们，就在市中心新华路的西山口建立起了临时抗震救灾指挥部。

地震的当天，幸存的市委常委们不顾个人的一切，纷纷赶到书记身边，在临时作为抗震救灾指挥部的一辆公共汽车里，举行了震后第一次紧急常委会议。

市委常委们坚信毛主席、党中央一定会迅速援救唐山人民。

他们说，我们都是共产党员，是受党多年教育的领导干部，党在考验我们，人们在期待着我们，我们必须满怀必胜的信心，带领群众，渡过难关，艰苦奋斗，重建家园。

安定群众情绪，奋力开展自救互救是当务之急。

书记和赶到的工作人员一起站在马路边向过往的行人喊话，让他们转告广大干部、群众，市委还在，市委抗震救灾指挥部成立了，办公地点在西山口，干部们尽快来这里报到，大家要做好自救互救工作。

为了更好地向群众宣传，他们当即请在场的一位宣传部干部起草了一份宣传提纲，后称"一号通告"。其大体内容是：

> 唐山抗震救灾指挥部已经成立，成员是……全市人民要发扬自救互救精神，团结协作，见活着的人就扒，尽最大力量救人。大家要相信党中央、毛主席很快会派人来救我们。要保护公共财产，发扬唐山工人阶级的光荣传统，提高警惕，

防止破坏。

过了一段时间，驻唐空军送来了一辆安装着广播喇叭的吉普车，市委便派专人沿主要街道广泛宣传"一号通告"。

一时间，"毛主席、党中央十分惦记和关心唐山灾区人民，已派出中国人民解放军和动员全国各地帮助唐山人民抗震救灾"的广播声响彻唐山大地，这对稳定群众情绪起到了至关重要的作用。

抗震救灾工作全面展开后，唐山市委在协助省前指做好抢救人员、治疗和转移伤员、分发救灾物资、安排群众生活等项工作的同时，特别关注孤儿和截瘫人员的救助工作。

大地震后的7月30日，中共唐山市委副书记、唐山市抗震救灾指挥部负责人张乾，把唐山市知识青年上山下乡办公室主任王庆珍召到指挥部的防震棚里，交给她一项特殊的任务：

把唐山地震孤儿全部寻找到，安置好。

张乾一再叮嘱："这些孩子，一个也不能饿死！"

当日，市知青办就将此项任务落实到了每一位具体分管的同志。这些同志跑遍了唐山市的大街小巷，将分散在各处的失去双亲的孩子一个个聚拢起来。

据统计，全市地震造成的孤儿有 4204 名，这些孩子最小的 6 个月，最大的 16 岁。为了把这些孩子安置抚养好，在震后很短的时间里，就由企事业单位、街道和乡镇办起育红院 71 所。

河北省还在石家庄、邢台办了两所育红学校，接收孤儿 756 名。另有一部分孤儿分散在亲戚家中抚养，由归口单位或民政部门负责各项费用。

唐山地、市、县各级党政领导和民政、教育部门负责人，对这些孩子的抚养和成长都给予了极大的关怀。

保障灾区群众基本生活

唐山大地震发生在夏季的夜间,侥幸逃出或被救出的人们大多赤身裸背。

震后气候反常,时而烈日高照,时而暴雨倾盆。没有衣服,没有食物,没有水喝,没有地方可避风雨,灾民们又面临着饥、渴、伤、病的威胁,急需新的救援。

强烈地震不仅夺走了人们赖以生息的家,而且在一瞬间摧毁了人们的生存必需品,水、电、商品供应等均被切断。因此,解决灾民吃、穿、住、医等问题,就成了救灾工作的更为广泛、更为迫切的任务。

解决饮水问题是安排灾民生活的头等大事,也是让幸存者活下去的最重要的条件。

炎热的夏天,人可以一天、两天不吃饭,但不能不喝水。水,意味着生命。

在强烈的大地震发生之后,唐山自来水公司两个日产近万吨生活用水的大红桥水厂和龙王庙水厂都遭到严重破坏,自来水管道断裂,全市供水中断。

市区自备水井数量很少,而且因为断电,有水也提不上来。唐山数十万幸存者面临着缺水的严重威胁。

震后的最初几天,人们只好靠坑塘、地下洞穴、游泳池和一些旧土井的水维持生命。这些地方的水不仅又脏又臭，而且数量有限，是无"源"之水，远远不能满足人们的需求。

为解决饮水的问题，唐山市抗震救灾指挥部采取了几项临时的应急措施：把各备水厂贮水池中存放的9000吨水向群众开放。利用市区的30多口自备水源井，就地向群众供水，组织全国各地来支援的消防车、洒水车、油罐车运水，定点供水到户。利用市区补压井向四周铺设水龙带，形成一大批临时供水点。

唐山附近各县也发动群众，克服困难，利用汽车、马车、排子车、水柜、胶囊等一切可以利用的工具，昼夜向市里送水。

北京市人民为解决灾区用水问题做了许多努力。正当灾区人民严重缺水的关键时刻，北京重型电机厂连夜赶装了30辆水罐车，装上清泉水，运往灾区。

水，活命的水，深情的水，满载首都人民的情谊。

解决灾民的吃饭问题，是安排灾民生活的另一个迫切任务。为此，省前指紧急动员省内各地、市昼夜赶制烙饼、馒头、饼干等熟食。

石家庄市饮食公司，7月30日24时接到加工5000公斤熟食的任务后，立即动员了干部和职工，开动各种加工机具，仅用了5个小时，就加工出熟食5000多公斤，及时运到了灾区。

不少地、市的群众主动要求承担为灾区加工熟食的任务。有的群众把自己省下来的鸡蛋、芝麻、香油拿出来，放到制作的食品中。

1966年遭受过严重地震灾害的邢台地区隆尧县的职工，在赶制烙饼时，考虑到灾区缺水，他们没有往饼里加盐，而是把全县贮存的食糖全部调出，烙成糖饼，运往灾区。

首都北京和一些兄弟省市也给灾区送来大批饼干、面包等食品。这些熟食的分配，当时主要采取两种办法：一是直接向重灾区空投，在地震发生的头几天，每天出动了上百架次飞机。二是由参加抗震救灾的解放军领取，划区分片，分发到灾民手里。

空投的办法，好处是直接、快速，能使灾民在最短的时间内得到食物，是灾后初期行之有效的办法。但由于灾民分布范围很广，空投难以保证需要食物的人都及时得到。

分配的办法能补空投之不足，但它的实行必须是在社会组织恢复之后，因此又不够及时。

这两种方法结合起来，收到了互补之效。

供应食品只能是临时措施，这样做不仅耗费巨大，而且食物本身在运送发放过程中极易污染和霉烂变质，损害灾区人民健康。因而，唐山市在震后不久恢复了部分粮食供应网点和粮食加工厂。

在各级商业机构遭到严重破坏，8月份工资未发的情况下，唐山市区临时采取了食物供给制。每人每天免费供应粮食450克，蔬菜150克至200克；每人每月食油

200 克,猪肉半斤,食盐 500 克,咸菜 500 克,面碱 50 克,肥皂 1 块;每户煤油 500 克,火柴半包;每个成年妇女卫生纸 1 包;每个居委会(村)半导体收音机 1 台。并根据实际需要,发放了一些炊具和其他生活用品。这样做保证了灾区人民的基本生活需要。

解决穿衣问题是安排灾区人民生活的又一个重要内容。震后最初几天,唐山市救灾指挥部组织群众从倒塌的仓库、商店和居民住宅的废墟中扒出了一些被褥、毯子和衣服,后来根据灾区情况发放了一些衣服、鞋袜和其他衣物。

救灾的另一项艰巨任务是解决群众临时住处问题。地震初期,灾区人民自己动手,在路边、公园、空场乃至废墟旁,就地取材,用旧木杆、席子、破旧油毡、塑料布以及其他一些可用的物品,支撑起一些临时窝棚。

窝棚的形式多种多样,五花八门,避风、避雨的功能很差。

救灾队伍到达后,由于物力所限,只向厂矿、机关等单位提供了部分帆布帐篷,以供各级救灾指挥部办公之用。

救灾部队帮助孤老伤残者搭建了一部分窝棚。就是这些窝棚,保护灾区人民度过了炎热多雨的夏季。

地震后,在物质生活极其困难的情况下,灾区,特别是在唐山市区,人们为了生存,战胜灾害,几户、十几户或几十户自发地、临时地结合起来,形成了形式多样的新的社会群体。

属于同一群体的人们，或吃、住在一起，或分开居住，但在一起吃饭。吃住方面的物品，主要是粮食、蔬菜等，虽无明文规定或正式协议，但在事实上都归"集体"所有。

人们吃、住在一起，成员之间有分工和协作，既有物质生活消费方面的内容，也有教育孩子、安抚老人等精神方面的内容。

这些群体多数只存在几天或十几天，大体上到八月上旬便解体了，只有一部分延续了近一个月光景，少数则维持到入冬之前。

就市区而言，在不同程度上参与这种小群体的户数大约占总户数的一半。各区、各街道的情况不平衡，有些街区的大多数都参加了。

三、紧急救援

- 汽车在摇摇晃晃的桥上缓慢地行进,每挪动一寸都潜伏着极大的危险。

- 洞内尘土飞扬,战士们怕呛着孩子,便泼一次水扒一层土。

- 傍晚,来了一次强余震,大坝轰隆隆响着,绞车房猛烈晃动起来,站着的人都倒在地上。

解放军紧急奔赴灾区

通往唐山的一条条公路上，车轮滚滚，马达轰鸣，昼夜不停。摇晃着鞭状天线的电台车，不时向部队发出联络信号。

飘扬着红十字旗的卫生车上，各医疗队正紧急部署抢救工作。无数辆满载士兵的解放牌卡车，此起彼落地鸣响急促的汽笛，在坑洼不平的公路上连成了一条条长龙。

党中央、国务院精心有效的组织和指挥，为唐山抗震救灾赢得了时间。接到命令后，中国人民解放军各部队，中央和各省、市、自治区有关部门及单位立即行动起来，从陆地到空中，各路救援大军日夜兼程，以最快的速度奔向灾区。

北京军区和沈阳军区于7月28日上午，接到中央军委救灾命令，迅速出动，沿条条公路向唐山进发。

沈阳军区某军接到援唐任务后，即命令部队停止执行其他任务，组成指挥、侦察先遣小组，先于大部队向唐山开进。而后，经过简短动员，使全军迅速具备了抗震救灾的思想准备和组织准备。

后勤部门先后组织了42台履带式拖拉机，用以牵引汽车渡过六股河。部队越过激流，闯过险桥，向唐山迅速开进。

28日夜，沈阳部队浩荡入关。山海关内外，几千组车灯发出耀眼的光芒，组成一条巨大的火龙，绵延百里，向唐山疾进。

某部先遣团江连长坐在先导车的驾驶室里，借着车灯的光，他看见汽车速度表的指针已经指向80公里。

天空滚过一阵惊雷，顿时，大雨滂沱，瓢泼而下。车队在雨雾中行进，车轮飞转，泥水四溅。抵达滦河边时，前方车队停了下来。

原来滦河大桥被震坏不能通车，附近只有一座废旧的木桥。雨夜，从这座桥经过很危险，江连长看过后向首长汇报情况。

"能不能通过？"耳机中传来首长焦急的询问。

"能！"江连长斩钉截铁地回答。

汽车徐徐驶上桥头，风更狂了，雨更猛了，余震使桥板频频颤抖。江连长迎着汽车，站在桥面上指挥。汽车在摇摇晃晃的桥上缓慢地行进，每挪动一寸都潜伏着极大的危险。

木桥中央右侧桥面的木板被震落两块，出现了一个很大的窟窿，桥身的承载能力受到影响。汽车开到这里，木桥剧烈地抖动起来。

随着一阵强烈的震颤，汽车轮子蓦地滑到窟窿的边缘。

"停！"江连长机警地喊了一声。

汽车猛然刹住，打了个倒轮，接着又徐徐向前驶去。

一辆汽车通过了，后边的又跟上来。早已残破的滦河旧桥艰难地承受着车轮滚动的压力。

救灾大军通过滦河，继续向唐山进发。

7月28日7时48分，中国人民解放军驻保定部队接到了准备赶赴灾区的号令。当时，军首长正在外地组织三级机关进行军事演习。

留守指挥员立即组成各级指挥部，确定行动方案，抓紧进行出发准备。同时，副师长徐恒禄带领先遣组，先于全军到抗震救灾指挥部领受任务。

8时35分，一一二师两个团先期出发。10时20分，军前卫团出发。再往后，全军依次起程。部队如钢铁巨龙掠过华北平原，几千台车辆发出的轰响震撼着原野。

7月29日3时40分，经过18个小时的急行军，中国人民解放军驻保定部队开进了唐山。

副师长徐恒禄向战士们交代任务：

这里是小山区，是唐山市灾区最严重的地区。你们要抓紧每一秒钟的时间，救出每一个遇险的群众，哪里最危险，哪里就是你们的战斗岗位。哪里有人呼救，你们就在哪里战斗！

接着，徐恒禄举起右臂，大喊一声："跟我来！"他领先向废墟冲去。

北京装甲兵某部副司令员程超带领先遣组，于28日11时30分抵达唐山机场。他的部队是灾区外围驻军抵达唐山最早的救灾部队之一。

按预定计划，到唐山以后，程超率领先遣组首先赶到机场，到抗震救灾指挥部接受任务，再到市区勘察救灾区域，而后指挥部队展开。

装甲兵部队机动性好，配有优良的通信装备。程超带领先遣组一路走，一路侦察，一路指挥，车轻路熟，一路顺畅。

然而，部队到达市区边缘，情况发生了变化。交通秩序混乱，汽车开不动，他们只好弃车步行。

从机场到市区9公里的路程，先遣组走了3个小时。接近市区，街道已全部堵塞。

程超很快认识到，这种状况必须改变。后续救灾部队马上就到，如此路况，摩托化部队根本不可能迅速开进，救灾也无从谈起。

于是，他给指挥部打电话通报情况，建议整治交通。指挥部采纳了他的建议，并命令他立即实施。

程副司令员把指挥所设在唐山市区的小山附近，他坐镇指挥所，命令所属部队迅速集结。

部队按预定位置，沿新华路由西向东依次摆开，搬走遇难人员，安置伤员，清除瓦砾。

经过指战员们的努力，新华路终于被清理出来。为防止交通再度阻塞，29日凌晨，救灾指挥部部署专门力量维护交通秩序。

　　这是唐山灾区路况的第一次调整。此次调整并无史料记载，也许连程超本人也未曾意识到它对唐山抗震救灾产生的巨大作用。

　　先遣组清理新华路，为随后赶赴灾区的解放军几万官兵迅速展开争取了救援时间，多少遇险灾民因此而重获生命。

　　最早抵达的外围救援部队之一还有北京军区驻滦县某团和驻玉田的某部一营，他们28日上午就进入了市区。

　　当天下午，驻丰润和迁安的基建工程兵进入市区。19时，从承德赶来的救援部队乘400辆军车抵达。

　　29日3时，某摩托化步兵先头团进入市区。6时，铁道兵某部十八连也急速地开进了唐山。路程最远的沈阳军区救援部队也在7月30日15时前赶到了。

　　不到三天，包括北京军区、沈阳军区，空军、海军、铁道兵、基建工程兵及各军区、兵种所属医院的10万多名指战员，以最快的速度赶到了救灾"战场"——唐山！战士们就凭一双手，开始了战斗。

争分夺秒拯救被埋者

在一座已经整体倒塌的楼房废墟上，10多名战士正使出浑身的力气掀一层楼板，他们听到废墟下有人发出微弱的呼救声。

"救命甚于救火"，部队陆续进入唐山市区后，最紧迫的任务就是抢救仍在废墟下的幸存者。由于任务紧迫，部队开进时没有携带大型施工机械，连锹、锤、镐带得也很少。

面对倒塌的楼房，巨大又坚硬的水泥板等，在最初的5天里，战士们硬是靠双手和就地能找到的简易工具扒碎石、掀楼板、扯钢筋。许多人手砸破了，身体砸伤了，仍然坚持战斗，有的还献出了年轻的生命。

28日下午进入唐山市区的某营，有三分之二的战士指甲剥落，双手血肉模糊。在没有作业工具的情况下，他们硬把原有三层楼高的新华旅馆的废墟翻了个遍，救出了70多名幸存者。

北京军区某部"红二连"，不顾一天一夜急行军的疲劳，在倒塌的唐山火车站凿墙打洞、撬水泥板，冒着余震的危险救出了许多人，接着又到和平街、市政局等地，从倒塌的房屋里抢救出280人。

某部战士王彦修到唐山出差，地震时正在唐山火车站候车室，地震发生后，他不顾一切地抢救出多人，自己多处受伤，最后献出了年仅 19 岁的生命。

直到 10 日后，重型机器运抵唐山，此时很多指战员指甲都已脱落。他们不但没有半点怨言，而且把大部分食物分给灾民，维持他们的生命。

7 月 28 日上午，某部二营正在实弹射击，接到救灾命令，未吃午饭就立刻出发了。他们翻山越岭，泅渡河流，步行赶到唐山市区时已是次日清晨。汗水浸透军装，又累又饿又渴，个个无力地坐倒在路边。

炊事班架锅熬出了一锅米粥，战士们刚端起饭盆站起身子，又不约而同地坐下了，他们看到大锅旁站着一群饥饿的唐山孩子。

于是，他们把第一锅粥分给了孩子们，第二锅粥又分给了路边饥饿的群众，第三锅还没熟，他们就接到了救人的命令，于是冲向了废墟。

某炮兵团副政委李志民，带领部队急行军 17 个小时到唐山执行抢救任务。由于天气炎热，苦累交加，晕倒在路边，警卫员拿来仅有的半壶水给他喝。但当他看到电线杆旁躺着一名受伤的妇女时，便挣扎着起来，摇晃着身子亲手把水送到受伤妇女嘴边。妇女喝了水，眼泪夺眶而出。

还有的部队发现群众没有饭吃，就把自己带着的大米送给群众，自己去挖野菜充饥。

多好的军队呀！这是唐山人民至今提起解放军都万

分激动的原因。

在抗震救灾的特殊战场上,包括北京军区、沈阳军区、空军、海军、铁道兵、工程兵、基建工程兵和各军(兵)种、大军区所属医院的10万多名指战员,夜以继日地参加了抗震救灾斗争,与唐山人民结下了极为深厚的情谊。

驻唐山部队在抢救被埋压的居民时发挥了重要作用。驻唐部队共有2.25万人,他们既是地震的受害者(有2466人遇难),又是抢险救灾的突击队。

在强烈地震突然发生,又与上级机关失去联系的情况下,他们当机立断,一方面进行自救,一方面有组织地到就近居民区,抢救被埋压的居民。

地震发生后,中国人民解放军驻唐山某师副师长刘作万、参谋长王同序、政治部主任刘玉峰等几位干部从废墟里爬出来,不约而同地聚到一起,就地召开紧急会议,在篮球场上支起帐篷,成立了临时指挥所。

该师无线电连战士吴东亮脱险后,三次冒险进入坍塌的电报房,搬出了一台备用的直流小型电台。在没有密码电报稿和译电员的情况下,震后仅20多分钟,他就与上级取得了联系。

师部直属营连的2000多名指战员,从爬出废墟的那一刻,能动的都动起来了,开始用双手和死神抢夺生命。

师部医院和招待所废墟下面的人员比较集中,官兵们就一块一块砖头地翻。马路对面的河北矿冶学院是重灾区，师里专门派出了一支救援队伍。

无线电连副连长芦全林，顶着烟尘冲上了矿冶学院倒塌的楼房，奋不顾身地在残垣断壁间攀来攀去，抢救被压在里面的师生、员工。

没有应手工具，他就用木棍撬，用手抠。手指磨破了，鲜血直流，他全然不顾。当他救第十五个群众时，自己却因精疲力竭而晕倒了！

后来，部队抢救的范围逐步从师部附近扩展到了新华路以北、文化路以西的更大区域内。

余震不断，大雨连绵，广大指战员不吃不喝，从拂晓一直扒挖到深夜。

驻唐山某部"太原登城先锋团大功连"，得知白海鸣小朋友还被埋压在楼房的最底层，便立即跑步赶到现场，分成4组，轮流作业，由两侧急速向埋压地点挖掘，很快就挖出了一个洞口。洞内尘土飞扬，战士们怕呛着孩子，便泼一次水扒一层土。

这时，又一次余震袭来。残垣断壁纷纷倒塌，一块水泥板急速向下滑动，严重威胁着孩子和几名战士的生命安全。

在这千钧一发之际，一位战士冲上去，用肩膀扛住了水泥板，又一位战士用身体紧紧地顶住了松动的砖垛子。洞上洞下紧密配合，终于救出了白海鸣。

据统计，只有2万多人的驻唐山部队抢救出的被压在废墟下的居民达1.6万人。师直工兵二连抢救出被压

104个小时的15岁男孩周向东，被当地群众传为佳话。

驻唐山部队在奋力抢救生命的同时，还派出了8个连，分别到国民经济要害部门，如陡河电厂、水库、金库、油库、粮库、百货库等担任警戒任务，维护社会治安，捍卫国家和人民的利益。

从外地赶到灾区的各救灾部队，同唐山驻军一样，牢记我军全心全意为人民服务的宗旨，争分夺秒，舍生忘死地抢救受灾群众。

沈阳军区某部"尖刀连"，在克服了途中无数险阻后，于29日凌晨赶到唐山。在抢救生命的战斗中，全连先后有8人晕倒、多人受伤，但却没有一个战士肯休息片刻。

为抢救新华纺织厂的一位女工，一排长王宝和战友们从废墟上扒开一个洞，钻进去，半跪半卧地扒砖拆板，整整苦战了两个小时。

被压了30个小时的女工得救了，而王排长却因饥饿和过度劳累昏倒在地。

蒙古族新战士吴险峰和3名战友在楼下救人时，突然一块一米多长的断墙从背后滑下来，吴险峰一个箭步冲上去，用双手和身体紧紧顶住，被压的群众和战友脱险了，他自己的右腿却负了重伤。就这样，全连指战员一口气救出了11名群众。

北京军区驻承德某部一位在战争年代立过13次战功的副团长，不顾身患多种疾病，带领部队经过数百里的急行军，于地震当天下午赶到了唐山。

他家在唐山，路过家门口时，他得知了妻子遇难、老母亲和两个孩子受了重伤的消息。

团指挥所就设在他家附近，同志们都劝他回去照顾一下，他也渴望能亲手照料一下自己的亲人、自己的家，但他坚定地说："我是来救灾的，不是来救家的！"

在紧张的抢救中，他既当指挥员，又当战斗员。哪里危险，他就出现在哪里。

在抢救被埋压了8天的儿童周占顺时，他不顾个人安危，亲自钻进洞里察看险情，制订出妥善的抢救方案，终于把周占顺救了出来。他和指战员们一起，先后从死亡线上夺回了125名群众的生命。

北京军区某部坦克六连在唐山机车车辆厂一带执行任务时，得知一个孩子还被压在医院楼底。他们立即赶到现场，发现孩子被压在楼房最底层，被紧紧挤压在水泥板下。

水泥板上堆积着十几米高的各种钢筋水泥构件，必须把它们全部搬掉，才能救出孩子。

当时，一无工具，二无机械，战士们就用双手抠，用绳子拉，用木棍撬，经过一昼夜的奋战，清除了大量断壁残垣。

由于饥渴和过度的劳累，先后有7个战士晕倒。后来，上级抽调了两台吊车前来支援。他们清除了500多米路障，吊走了多块钢筋水泥构件，清理了成百吨的堆积物。

由于余震不断和吊车的震动，随时都可能引起水泥板的再次塌落。为了孩子的安全，他们先后在洞内支引了5个千斤顶和7个砖垛。

孩子的身上只剩下两块大型水泥板了，抢救工作进入了关键的时刻。但越是接近胜利，大家越是为孩子的安全担心。

战士们就采取大揭盖的办法，抢救人员钻到水泥板下，边起吊，边抢救，保证在大塌方前救出孩子。经过56个小时的顽强奋战，查小明小朋友终于脱险了。

随着时间的推移，抢救工作的难度越来越大，救出的人也越来越少了。但是，大家仍然仔细地搜寻着每一个可能还活着的人。

为了抢救每一个幸存者，部队成立了许多"潜听队"，每晚到废墟上屏息静听地下的动静。一有动静，立刻紧急出动，奋力挖找。

8月4日，已经是震后第八天了，某部装甲步兵团九连的指战员们还在开滦医院大楼的废墟上细心地挖着、呼喊着。突然，透过楼板缝隙，他们听到一个年轻人微弱的呼救声。

九连立即向指挥所报告。副团长带着两个连队火速赶到，北京军区装甲兵副司令员和副师长也率领机关人员赶来了，辽河吊车队也很快赶到了现场。

大家紧密配合，一齐动手，用钢钎和双手在瓦砾堆上开出了一条 10 米多长的沟，撬起了一层层断裂的楼板，挖出了两米深的一个洞，连续奋战了 6 个小时，终于把唐山铝矾土矿的年轻工人王树彬救了出来。经过医务人员一个多小时的急救，这个在瓦砾堆下坚持了 181 个小时的工人得救了。

保护大坝，保卫唐山

"陡河要决堤啦，快逃啊！"

"水要下来啦……"

暴雨中，住在陡河水库周围的地震幸存者们乱作一团，他们喊着、叫着，顾不上掩埋亲人的尸体，顾不上扒出值钱的财物，只是挟着包裹、抱着孩子，没命地往高坡上跑。

恐怖的情绪迅速蔓延，事态确实很紧张，已经听得见沉沉的雷声挟裹着水库中波涛的喧响。

大震后，位于唐山东北 15 公里的陡河水库，大坝下陷 1 米，主坝纵向断裂 1700 米，横向断裂每隔 50 米就有一处，上百条裂纹纵横交错，长的 10 多米，宽度几乎能掉下一辆吉普车。

正逢天降暴雨，水位猛涨，大坝岌岌可危。陡河水库告急！这是一个人们意想不到的险情。

陡河水库库底高出唐山市 10 米，有 3600 万立方米的储水量。一旦决堤，架在唐山人头上的一湖水将咆哮而下，把已经震碎了的唐山完全置于没顶的洪水之中，那将是难以想象的惨况。1923 年东京毁于地震之后的大火，不就是震撼人心的惨剧吗？

地震前，水库水位已经接近汛期限制水位，此时上游的洪水仍不断涌来，拼命地拍打着大坝。

必须立即放水减压！可是由于停电，闸门启闭机无法启动，而要泄洪就必须用绞车启动两扇40吨重的闸门。

一队军人正跑步奔向水库大坝。这是驻在陡河水库附近的北京军区炮兵某团的指战员。刚刚从废墟中脱身，他们就接到了保护水库大坝的命令。团部先是派兵上坝警卫。

指战员们很快意识到了情况的危急：大雨中，急涨着的陡河水沸腾般地咆哮着，浊浪汹涌，拍打着有裂纹的堤坝。水库水位在令人发憷地上涨，杀机四伏的漩涡，疯狂的浊浪，人们似乎能听见大坝在巨大的洪水压力下，发出支撑不住的痛苦的呻吟。水库已经饱和了，水仍在无限制地注入。

炮兵团副参谋长董俊生立即率领战士上堤抢险。他和士兵们冲进绞车房，要靠这架手摇绞车，去启动那两扇40吨重的闸门。

这是一个惊心动魄的场面：士兵们每8人一组，4人一边，用手臂的力量去摇动绞车，去开启那40吨重的闸门。

大坝坝顶早已变了形，机房里面是两架辘轳式摇臂绞车，这是在电力中断后用来启动闸门的唯一工具。绞车下方悬空，稍不留神就有可能滑入30多米深的水中。辘轳的摇臂下方呈凹槽状，有半米深，人就要站在那里摇起闸门。

　　大坝上一片哭喊声，逃难的人成群地从那儿跑过。警戒哨大声叫着，让群众躲开这座随时有可能倒塌的绞车房，快速通过震裂了的大坝。

　　摇闸的 10 多名战士咬紧牙关，使出全身的力气。"嘎吱吱！嘎吱吱！"钢丝绳在卷动，但在 30 多米深的库水的压力下，40 吨重的闸门纹丝不动。半个小时之后，闸门才被稍稍抬起一个缝。

　　小屋内一阵又一阵地传出"嘎吱嘎吱"的手摇绞车声和战士们在紧张、疲惫中喊出的号子声。艰难啊！8 个壮小伙子拼命地摇动，整整七八个小时过去，战士们轮班操作，与洪水抢时间。钢铁大闸一毫米一毫米地上升了。

　　每个进去的人都是又焦急又紧张。摇，拼着命摇，汗珠子吧嗒吧嗒地掉，心怦怦地跳。

　　10 分钟一班，以最快的速度换班。在那 10 分钟内，谁都有可能送命，可是没有退缩的。

　　豁出去了！战士们光着身子，穿着裤衩，发疯一样摇着绞车。

　　手磨破了，腰快断了，开始还以 10 分钟为限，后来顾不上了，时间越拉越长，外边喊换班的声音都听不见了！

　　傍晚，来了一次强余震，大坝轰隆隆响着，绞车房猛烈晃动起来，站着的人都摔倒在地。

可怕的事情没有发生。大坝在，小屋也在，小屋里依旧传出战士们的号子声。

从早 7 时直干到 21 时，闸门终于被提起 1.5 米高，喷涌的激流倾泻而下。

大坝终于保住了，震后的唐山也因而避免了被洪水吞噬的危险！

医护人员奋力救治伤员

地震刚过,北京空军部队唐山机场的一角,医护人员紧张而有序地忙碌着。

最先展开医疗救护的是空军唐山机场卫生队。地震发生后,卫生队人员从当时倒塌不多的苏式平房中钻出来,立即赶到卫生队开展医疗救护。

大批伤员被陆续送到,多时每天达几千人。机场卫生队27名医护人员发扬革命战争年代的创造精神,就地取材,用手电筒照明,用过滤后的盐开水消毒,用针麻止痛,在简陋的条件下进行手术,救治了许多名伤病员。

卫生队长冯天泰,家里3个孩子遇难,他强忍悲痛不去照顾,还动员前来报信也是医生的爱人,一同参加医护工作。

机场干部和战士日夜奋战,抢修供水管道,发动全站26个伙食单位架起锅灶,日夜为伤员烧水做饭,使来此的3万多人得到了妥善安置和照顾。

北京军区二五五医院在地震中受到极其严重的损失,楼房全部震毁,平房大部倒塌,三分之一的人员牺牲,最先脱险的只有40余人。但他们克服了平时难以想象的困难,对陆续送来的大批受伤群众,进行了包扎和医治。

当他们获知市交际处有外国友人负伤急需抢救时,

马上派出医疗组,使几十名受伤的外国友人得到了及时治疗。许多医护人员不顾家属和个人安危,带伤参加抢救。

护士李爱玲头部、腿部受了重伤,同志们给她拿来止痛针,她接过来却注射在一个受重伤的老大爷身上。女军医孙喜梅两根肋骨被砸断,但她不声不响,仍在坚持抢救伤员。忙了一天,到晚上,她才背着同志们悄悄地用胶布把伤处作了固定,然后又一声不吭地继续战斗。

救护伤员急需药品和敷料。路小代等5名女战士砸开药房的窗户,不顾余震的威胁从屋内把药械一一传递出来。

地震当天,大雨时断时续,全体医护人员顽强奋战,共救治负伤群众300余人。

同解放军的医护工作者一样,唐山地方的广大医护工作者也奋不顾身地投入了抢救伤员的战斗。地方上的医疗机构所遭受的破坏比部队更严重,而且医护人员散居各区、各街道,这就使得伤员救治活动更为困难。

强震后,大量伤员遍布灾区城乡。大多数伤员的伤口混进了泥土和其他污物,得不到救治处理又暴露在烈日下、灰尘里、风雨中,在很短时间里便化脓、恶化。伤口感染和饥渴的折磨,使越来越多的伤员受到死亡的第二次威胁。

在这样的严重困难面前,灾区城乡幸存下来的医护人员,包括各级医疗、保健站的大夫、护士,以及受过战地救护训练的厂矿卫生骨干，都以最快的速度投入了抢救伤员的战斗。

他们有的从废墟中爬出来，有的被他人救出来，但都顾不上家人，忍着自身的伤痛，随手带上能够就近找到的医疗用品，就在马路旁或废墟上建起临时医疗点，开始了紧张的救治伤员的活动。

开滦马家沟医院在地震中遭到严重破坏。地震当天，有伤员陆续被送来。值夜班的和由家中赶来的医护人员，就在医院前的柏树林中用木板和桌子搭起了临时手术台。

开始的时候，还有从危楼中抢救出来的药品可用，但由于伤员多、用量大，有的药很快便用完了。伤员的伤口裸露着，在流血，医生心急如焚，于是咬着牙，用盐水消毒，在没有麻醉的情况下缝合伤口。后来连干净的水都难以找到了。

太阳升高了，柏树林中十几台简易手术台上，医护人员正紧张地进行着救治工作。他们眼睛里布满血丝，额上冒着汗珠。医生拿着刀剪，护士接扶着伤员。伤员在痛苦地呻吟，但绝没有喊叫。

附近的水泥地上摆满了死去的居民，他们大多是在抬往这里的路上或来这里后死去的。不远的地方又挤满了从废墟中脱险出来的人们——老人、孩子、男人、女人。

在救治伤员过程中，医护人员忘记了饥渴，忘记了疲劳，忘记了自我。他们只有向时间抢生命，向死亡争亲人的信念。

开滦医院医生张兰贤地震前不久做了卵巢肿瘤切除手术，又患有慢性肾炎，已经两个多月不能上班了。在这次地震中，她的4根肋骨被砸断，右腿受重伤，右眼失明，儿子被砸死，丈夫、女儿受重伤。

张兰贤抑制住内心的悲痛，不顾自己的伤残，让人搀扶着来到街道医疗站，为伤员包扎治疗。群众心疼地劝她回去休息一下，她总是说："救伤员要紧，我能顶着干。"她每天吃住在医疗站，夜以继日地坚持战斗。

唐山齿轮厂医生边淑敏地震时正在厂卫生所值班，她和护士戴杰脱险后，立即去抢救伤员。在救护中，她及时准确地对垂危伤员采取各项急救措施，使许多危重伤员得以生存下来。

正在这紧张的时刻，她得知爱人被压在家里倒塌的楼房下面，同志们都劝她回去看看。

面对大批需要急救的伤员，她毅然决然地留了下来，一直战斗到15时，和同志们一起抢救了100多名伤员。当赶到家中后，虽然爱人已被扒出，但终因埋压的时间过长停止了呼吸。她掩埋了爱人的尸体，又重新回到了自己的岗位。

河北矿冶学院女医生王翠兰在地震发生前，正在郊区农村劳动。地震发生后，她和同屋的一位同志冲出将要倒塌的房屋，先后救出7位农民。当时天要下雨，她又和同志们一起为伤员搭窝棚，成立了临时救护站，将全村多名重伤员集中到一起，进行治疗和护理。

王翠兰紧张战斗10多个小时，水米未进，又步行回到学校。这时她才知道，丈夫和3个孩子已全部遇难，住在另一处的公婆一家4口也都遇难了。她强忍住悲痛，又投入抢救伤员的工作中。

这次地震中，乡村医生不怕累、不嫌脏，在救治伤员中发挥了重要作用。

丰南县蛮子坨村的乡村医生王贤，在抢救伤员中，发现一人膀胱被砸伤，急需导尿，但此时没有救治工具，他就把塑料电线的内芯抽出，用开水消毒后，及时为病人进行了导尿。

有的人内伤严重，大便不通，他就用小瓶装上肥皂水，为伤员灌肠。有的人被砸窒息，他就嘴对嘴地为伤员做人工呼吸，使许多危重伤员及时脱险。

滦县高各庄乡村医生王翠柏在地震脱险后立即奔向医疗室，钻进倒塌的屋子里抱出药箱，冒雨抢救伤员。

有一个8岁女孩窒息，生命垂危，王翠柏迅速抠出孩子口中的浓痰和土，紧急进行人工呼吸，终于使孩子得救了。他还为10多名骨盆和腰部受重伤的群众导了尿，避免了膀胱破裂。过度的劳累使他几次晕倒，但他始终没有离开自己的岗位，被群众誉为"人民的好医生"。

丰润县中门庄乡后辛庄村乡村医生孙铁书，地震时正在为一位妇女接生。在大地抖动、房倒屋塌的紧急关头，她不顾一切地趴在孕妇身上，保护了孕妇的安全，而她自己却被塌落的房顶砸伤了腿，身上也多处受伤。当群众把她们救出后，她继续给孕妇接生，还把自己的衣服脱下来盖在孕妇身上。在她的精心照料下，一个新的生命在震后平安诞生了。

接着，她又让儿子扶着，有时用车推着，走家串村去救治伤员。一个月中，经她治疗的有200多人。

由于城乡广大医务工作者的就地抢救治疗，大大减少了伤员的感染和死亡，为后来的治疗创造了有利条件。

为使大量的危重伤员及时得到妥善的医疗救护，唐山市和丰南县在就地抢救的同时，还向就近的轻灾县和医疗条件较好的地方转移伤员。到7月29日，唐山机场就集中了8000多名伤员，丰润、玉田、昌黎、遵化、迁西、滦县、秦皇岛等地，也分别集中了成千上万名伤员。

接收伤员的县、市虽然也不同程度地受了灾，但他们全力以赴搭起了席棚，组织起医疗和护理队伍，为救治伤员做出了最大努力。

7月28日下午，在天津汉沽已出现收容唐山伤员的手术帐篷。二五五医院医生王致苍护送伤员到汉沽时，参加了天津医疗队的手术。

手术室是搭在泥土地上的芦席棚，他几乎是踩在血泊中抢救伤员，他的解放鞋被鲜血染红浸透。当时仅有一副手术手套，做完一个病人的手术，用自来水冲一冲，接着再做。而唐山机场连自来水都没有，解放军总医院的护士们，用煮沸了的游泳池水为器械消毒。

震后，国务院和中央军委派出了大批地方和军队的医疗队开赴灾区。军委、总部、各军兵种和北京、沈阳、济南、昆明等军区派出医疗队207个，计6300多人。其中，北京军区派出医疗队179个，计5655人。

来自全国各地的200多个医疗队、1万多名医护人员，在唐山的废墟上迅速散开。瓦砾上立即插上了一面面红十字旗和一块块木牌。空军总院在此，海军总院在此，上海六院在此……

北京军区后勤部的杨立夫、刘贞，整日在唐山驱车奔走。他们很难把成千上万分散在废墟上的医务人员组织起来，常常需要事必躬亲。

当丰南县沿海村庄有几十名重伤员无法运出时，刘贞竟亲自跳上一架"云雀"直升机，飞抵海边抢救。

在这些救援队伍中，辽宁沈阳组织的三支医疗队，即医大一院、二〇二医院、军区总医院医疗队，于唐山地震当天即抵达现场，是最早到达唐山救援的医疗队。当时作为实习医生的姜辉参加了救援医疗队。

7月28日天亮后，姜辉继续到病房实习，一个消息让姜辉意识到昨天晚上地震的严重性：从山海关开始，铁路钢轨受地震影响发生严重变形，连夜乘火车赶往唐山的医疗队受阻，急需空运医疗队过去。

来不及准备任何行李、干粮，姜辉和几位身体条件好、专业素质过硬的同学被"点兵"，即刻起程。

11时许,北京派过来的飞机停在沈阳东塔机场,姜辉作为沈阳医疗队的一员,登上了飞机。因为是第一次乘坐飞机,再加上胃里没有食物,一些医疗队员都感到身体极度不适,时不时干呕。

医疗队员们到了唐山机场后,只用了20多分钟就搭起4个帐篷,分科建起包括处置室、手术室的临时"医院"。手术台一搭起来,马上开始第一个截肢手术,同时其他救治帐篷里开始为伤员进行外伤缝合。队员们一刻不停地抢救!

随着救治的展开,问题也很快出现了,因为是先头部队,大批的救援药品还没运到。唐山已经断水、断电,而队员随身带的物资非常有限,根本供给不了这么多伤员。

救治的前三天是最艰难的。夹板、酒精棉、盐水不够了,导尿管没有了,截肢的病人一刻也不能再等了,怎么办?这些实习医生去唐山老乡的帐篷里要棉被,拆开,被面撕了当绷带,被里的棉花做成酒精棉。现场所有唐山老乡都把自家的棉被拿出来了。导尿管最难找,最后干脆把机场的电线找出来,用抽出中间铜丝的电线当导尿管。

姜辉给一个20多岁的小伙子缝合,他的左胸到后背半个身子全被钉子划开了,几乎露出了骨头。就是这样的缝合也没有用麻药。小伙子一声都没吱,就咬牙坚持着。

从 28 日下午到唐山后直到深夜，姜辉和同事们连抬头的时间都没有，更没时间吃东西。

大灾大难面前更显示出医护人员的辛苦。

北京军区四六六医院医生马长海、黄亚士从 29 日晚上走入手术室之后就开始了长时间的工作。马长海的手术做了 7 个多小时，黄亚士的手术做了 4 个多小时，天一亮他们就赶快喝几口水然后又钻进了手术室。

用来做手术室的这顶帐篷也是临时搭建起来的，但比较厚实。一场大地震之后，外科手术的量太大了，外科医生们更是责任重大。

从帐篷四周的小窗上，可以看到里面做手术的情景。

7 月底的华北，天气炎热是可想的，医生们再热也得穿上无菌服，戴上口罩和胶皮手套，在手术室里一工作就是几个小时。

有几个重伤员，都被排在了前面做手术，这几个人都是大手术，一进去就得四五个小时。

当时条件差，很多仪器因为电总出毛病用不上，白天医生们就站在太阳底下看伤员的伤势照片，围在一起研究手术方案，然后就钻进手术室为伤员做手术。

医生们都知道从废墟里抢救出一个人是多么不容易，他们都说："不能让这些人在我们手里丢掉。"

有几名重伤员日夜都有医护人员看护，氧气瓶和仪器总放在他们的床前。伤员太多了，医护人员根本忙不过来，少不了有照顾不到的地方，伤员也能理解这种情况，很多人忍着痛和天气热带给他们的难受也不喊医生、护士。

别的事都好办，伤员上厕所最麻烦了。这些伤员都是胳膊受伤、腿断的，更严重的是骨盆损伤，都是怕动的伤员，小便还好办点，要是大便得好几个人帮忙。因此一些伤员便少吃饭、少喝水，以减少排便的次数。

伤员少吃、少喝并不好，天气太热了少喝水就容易引起大便干燥，这样就更不好办了。

一次，一个男伤员就因此排便困难，护士给他用了药都无效，最后几个护士一商量就只好把他抬起来，但是他伤势严重，自己又用不上劲，一个男护士就戴上橡胶手套帮他排便。他非常感动，连连道谢，可是几个护士却说："不用谢，这是我们的责任。"

伤员吃得少，对增加体力没好处，一些女伤员干脆绝食了，这可把医生急坏了。医生对不吃不喝的伤员说："这样不行，大家必须多吃东西才能尽快恢复体力，不然会延长伤口愈合的速度，遭罪时间更长。"

可是医生的话说过后，这些人还是我行我素，医生们只好轮流值班看着伤员吃饭。

7月底8月初是最热的季节了，医院院内的帐篷都连成了串，一点风都没有。为了能通点风，帐篷都掀起了一半。很多伤员的伤口发炎后难以愈合，到处是难闻的气味。

伤员们一天到晚都是躺在床上，那滋味就更难受了。

有些伤员骨盆损伤了，医生就为他们做了一个与后背一样大小的石膏壳，把伤员放在这上面，以保持身体的平稳，使骨盆尽快复原。

　　很多伤员因为天气热，又长期躺着，身上起了很多痱子，刚有痱子时身上有些发痒，如果不赶快采取措施就会感染、化脓、掉皮，严重时把后背弄得像鱼皮似的。护士们每天就在百忙之中抽出时间为伤员擦洗身子，上两遍痱子粉。

震后迅速抢救受灾群众

震后仅 7 分钟,唐山市郊某部十连的战士们已经开始奉命行动了。战士高岩就在这支连队。

指导员带领 10 多名战士,奔向离连队最近的碑子院。每隔几分钟一次的余震,使路上的人脚下不稳,东摇西晃。

到了村口,借着闪电的余光一看,战士们都呆住了。这是那个熟悉的小村庄吗?再也看不到那片有冀东特色的绘有壁画的平顶灰砖房,脚下是一堆堆大土包。

10 多个惊魂未定的幸存者穿着裤衩在那儿哆嗦着,有的还紧紧抱在一起。

解放军战士的出现,如同注入了一针强心剂,惊恐的人们开始活跃起来。

碑子院村干部见到来了救星,猛扑过来,抓住指导员的手,带着哭腔说:"咋办啊,这可咋办啊?"

指导员跳上一个大土堆,挥手喊道:"乡亲们,不要怕,有部队在,就有你们的亲人在,快给我们带路!"

"解放军万岁!""共产党万岁!"群众的情绪终于正常了,喊着口号,很激动。

高岩和战友们最先从身边的土堆里扒出一个小男孩,又从木梁下面拉出他那断了双腿的母亲。血,掺杂着墙灰土的人血，高岩的双手黏糊糊的，带着一股刺鼻的腥味。

他和两个战士领着几个群众首先向村子里边跑去，跨过几处木头与砖堆，又越过半截断墙，眼前猛然闪出一具女性尸体。两位直了眼的老人正在院子里往女性尸体上盖一条破被单。一问，女人的丈夫还被埋在旁边的砖瓦中。

高岩竭力控制住涌上大脑的热血，忙和大家奔上那座半人高的房堆，用双手疯狂地扒。在当时，所有铁锹、镐头等工具都被埋到了土堆里，就是有，战士也不肯用，一切只是为了群众的安全。所以救人扒砖瓦堆，全靠手指头。

玻璃、瓦片、钢筋很快就把双手划得鲜血淋漓。战士们竟觉不出疼来。有个群众扒出了一个蚊帐，高岩忙跑过去，按了按那个蚊帐，像皮球一样有弹性。这是人肚子！他忙把大家都喊过来，小包围圈里出现了四五双手，砖、瓦、木片、灰土纷纷飞向一边，很快带有余热的身体就露出来了。

两具尸体被抬到一条被单上。高岩的头脑空白了。他几步跑出院子，用力挥动着胳膊喊着："哪里还有埋着的人？哪里还有埋着的人？"

几个战士像是一阵风，用几乎是拼命的速度跨过家又一家，很快又救出三个受伤的小伙子。还没等百姓看清他们长得什么样子，他们就又被呼救声给叫走了。

战士们得知市里的灾情以后，围着指导员请战。

"唐山师范学校告急！"这急促的喊声立刻使人们安静了下来。

唐山师范学校有四五百人还埋在坍塌的楼房里，高岩和战友们以最快的速度冲到倒塌的大院内。他们只看到稀稀拉拉的几个同学，散布在三座不如平房高的楼堆上。在暴雨的冲刷下，一股股红色的水流正从碎墙和裂缝中涌出来。呻吟和惨叫声从脚边一直响到废墟的深处。

高岩也顾不得别的了，几步跨上这震前的三层大楼顶，迎接他的是夹杂着悲喜的"解放军万岁！解放军万岁！"的呼叫。

一个大个头男同学最先扑过来，抱住高岩半天说不出话来。

在一条水泥板和碎砖支成的窄缝里，一个微弱的声音从里面时断时续地传出来。余震袭来，那条缝隙又缩小了几分。高岩脱下军装，从那条缝隙强挤了进去。

里面黑咕隆咚的，足有5米多深，借着洞口的微光，他好半天才看清里面的一切。一辆变了形的自行车紧压在那男同学的腰上。车上是块破床板，再上面是一块摸不到边的水泥预制板，离他只有1米多高。

余震声传来，尘土中床板又"咔咔"地断了好几截。只听一声惨叫，自行车下的人疼得昏了过去。

高岩用力吐出溅进嘴里的灰土，余震一个接着一个，他的每一根神经都绷紧了。只要后退出几米，他就可以安然无事。后面几个焦灼的声音喊道："危险，解放军同志，你赶紧出来吧！"

那时候，几乎每一个军人都会置生死于不顾的，高岩根本没想退回去。

这时车子下面的那个同学带着哭腔说："叔叔，我……全靠你了……"其实高岩那年刚刚 20 岁，跟这个同学差不多大。

情急生智，他忽然想到了中学时学过的杠杆原理。于是，他顺手摸了一根铁棍，迅速插到自行车的车梁底下，使尽全力用半个身子压下去。啊！自行车居然活动了，慢慢离开了伤员的腰。

高岩急忙在棍下垫了块石头，又继续撬起来。就这样，他硬是在这几乎不可能抬起的数吨重物中，牢牢地支起了一个微小的空间。他兴奋地抱住男孩的腿，一点点向透进生命之光的洞口挪去。

洞口早已聚集了一些人，大家七手八脚把他俩拉出来，还没等站稳，只听"轰隆"一声，在余震卷起的尘雾中，那道窄缝就永远地消失了，所有的人都目瞪口呆。

高岩吃力地背起断了腰的男同学向操场走去。这个 1.80 米的小伙子压在高岩只有 1.60 米多一点的身躯上，实在是让他有些为难。

一不小心，他的脚板踩在木梁的一根大铁钉上，顿时感到一阵天旋地转的疼痛。好不容易到了操场上，高岩才发现自己的大脚趾头上的指甲已经快掉下来了，可能是刚才碰到了石头上,仅剩一点皮连在脚上。

那个被救的小伙子死死地抱住高岩的左腿,泪流满面地问他的名字。高岩不说,他就死死地不松手。高岩费力地掰开他的手,告诉他:"我叫解放军。"趁小伙子一愣神,高岩赶紧一瘸一拐地跑开了。

高岩和4名战友组成了救人小分队。他们正干得热火朝天的时候,一个老教师不知从哪儿拿来了10多个桃子。

"来来来,每人一份,吃完了再干。"

"什么?"高岩暗吃了一惊,这就是说,从凌晨接岗到现在,他已经整整12个小时水米未进了。

人就怕松劲,这样一想,高岩顿觉眼前一黑,好半天才定住神。

高岩所在的连队在那个果园已经驻扎了10多年,还没吃过人家一个果子,但是现在,高岩却实在控制不住自己的眼睛了,目光紧紧地盯住那几个桃子。

最后,他还是毅然推开了老教师那捧着桃子的手,说:"谢谢您,我不能吃。我省下一份,群众和伤员就能多吃一份了。"

老教师流下了热泪,多好的战士啊,解放军战士不愧为最可爱的人。

这是发生在唐山大地震中军民之间无数真实故事中的一个。后来在1984年出版的军史上是这样记载的:

在唐山大地震发生时，驻唐山市郊的某部十连，震后不到 7 分钟，即赶到 1 公里之外的生产大队，抢救遇险群众……

在震后的半个多月内，部队的营房成了灾民的供应点，老百姓把子弟兵当成了他们的靠山，而解放军官兵都是在人民群众的食物得到供给之后才开始解决自己的需要。

在抗震救灾的 10 万大军中，几乎在每个士兵的经历中都能找出几段动人的事情，不知发生了多少个可歌可泣的感人肺腑的生动故事。这些故事为唐山这座英雄的城市，为人类的历史增添了无数个灿烂的光环。

抗震救灾的部队不但救出了无数的灾民，而且在冬季来临之前，帮助唐山受灾的市民搭建起了无数个简易房，让那些幸存的老百姓都有一个安身之处。

将遇险外宾安全撤离唐山

1976年7月27日,51名来自丹麦、法国和日本的外宾来到唐山进行访问。

李宝昌时任唐山市外办秘书科科长。那天,他负责接待来自丹麦的教师访华团19人、法国访华团23人和准备到唐山陡河电站提供技术服务的日本技术人员9人。

51名外宾均入住凤凰山下的唐山宾馆,日本外宾住4号楼,法国和丹麦外宾住5号楼。李宝昌和外办主任赵凤鸣住5号楼2层。

7月27日,李宝昌工作到24时才睡,迷迷糊糊中,床和房子突然摇晃起来。

李宝昌和赵凤鸣踉踉跄跄地跑到门口,但房门已经严重变形,根本拉不开。慌乱之余,他们只好从窗户纵身跳下。

着地时,赵凤鸣不慎摔断了腿。

李宝昌迅速地背起赵凤鸣就往外跑,在一个水池边把他放下。

这时,赵凤鸣急切地说:"别管我,赶紧去救外宾。"

李宝昌来到外宾住处,他看到4层的4号楼只剩下两层高,5号楼两侧的墙体都塌了,不过主体结构还在。外宾和翻译都被困在5号楼。

一名翻译从楼上跳下时摔伤了。李宝昌担心外宾慌乱跳楼造成伤亡，赶紧叫来几名翻译，让他们喊话，告诉外宾镇定，不要急着跳楼。

外宾的情绪稍微平复后，李宝昌让他们把房间里的被单和窗帘撕成布条，结成绳子，一个一个顺着绳子往下滑。通过这种方式，一些外宾顺利脱离危险。

李宝昌和几名工作人员冲进随时可能倒塌的楼房中，继续搜寻生还者。

进入5号楼，李宝昌见到的第一个外宾是个法国老太太。

当时，老太太都吓傻了，右手在胸前不停地画着十字。看到李宝昌时，她激动得直掉眼泪，一下子就向他扑了过来。

李宝昌把老太太背到安全地方后，转过身，不顾生命危险再次进入危楼。

余震不断，楼房随时可能再次倒塌，但李宝昌4次进出危楼，从废墟中救出4名外宾。

获救的法国人和丹麦人在法国访华团60岁的蒙热团长的带领下，不顾中国救援人员的劝阻，紧跟着其他人奔向4号楼的废墟去抢救日本客人。不同肤色的人们自动组成了一个救死扶伤的行动小组。

28日8时多，援救外宾的工作告一段落，49人获救。

有些外宾受伤了，其中几个还是重伤，必须把他们送到医院抢救，但李宝昌当时并不知道整个唐山市都已经被震平了。

李宝昌和同事先后去了工人医院、二部医院和人民医院，令他难过的是，各家医院都变成了废墟。情急之下，李宝昌想到了位于唐山西边的军用机场，也许在那里可以找到飞机运送外宾。

他找来两辆绿色的天津面包车，载着49名外宾向机场方向飞驰而去。

两辆面包车碾着碎石块一路西行。沿途的景象让李宝昌一行人惊呆了，整个唐山市已经变成一片废墟，满目疮痍。

当车辆行至西北井一带的时候，遭遇了一场意外。西北井一带有很多灾民，他们包围了李宝昌和外宾乘坐的车辆。

车上的工作人员当时很害怕，不知道该怎么办。李宝昌站出来大声地说："车上都是外宾，有的身受重伤，需要及时送走，请大家让开。"

得知车上坐的是外宾后，所有拦车的市民都自动地让开了一条道。面对大灾难，大家都想搭便车尽快逃到安全地带，但面对国际友人，唐山市民表现出的精神让人敬佩。

10时多，外宾顺利抵达机场。

此时机场已经有很多灾民，外宾被安排在一块相对安静的树林里。天一直在下着大雨，解放军做了几个简易帐篷，让外宾在里边暂时休息。

11时多，解放军还做了面汤和油炸饼给外宾。这些东西在当时完全称得上是"奢侈品"，外宾对此十分感动。

12时40分，外宾全部登上飞机，离开震区，安全飞抵北京。

矿井下成立临时指挥部

1976年7月27日晚上,开滦吕家坨矿的机关干部和部分井上工人约500人,在井下425水平工作面清理回收旧钢管、铁溜槽、铁棚子、废电缆。

带队的是矿党委常委贾邦友,贾邦友参加过抗日战争、解放战争和抗美援朝战争,1954年转业到开滦,历任科员、科长、副书记、副矿长。

3时30分,贾邦友感到大家干了几个小时够累的,于是招呼大家准备收工。就在这时,工作面突然猛烈晃动起来。整个巷道都在晃,顶板上的煤和矸石哗哗地往下落。

贾邦友当时以为是要垮面(整个工作面被摧垮),可是稍一停下来,工作面并没垮。这时有人喊:"是不是地震了?"

这一提醒使老贾马上反应过来,肯定是地震,而且不会这样震一下就过去。当时他在最里边,静下来后就朝外边喊:"快撤,都到大巷集中!"

大家后队变前队,迅速向大巷撤离。工作面离大巷还有一段距离,他边走边叮嘱大家,凡是能撤出的人全部撤出来。

矿工边跑边喊,迅速来到了425大巷。很快,井下值夜班的工人也会合到这里。

看着一张张布满煤尘、汗水的脸庞，贾邦友心里很不平静，他心中暗想，危险再大，也要带领大家返回地面。他平静地对大家说："同志们，强烈地震发生了，我们一定要镇定。大家稍等一会儿，我先跟井上联系。"

值班的矿领导告诉他，由于强烈地震，全矿断电，主副井提升陷于瘫痪。矿领导叫他带领井下职工由风井返回地面。贾邦友回答说："我们先到425主井口，到那里和井上再联系。"

这时大巷里已聚集了许多职工。一束束灯光照着，一张张熟悉的面孔对着他。

在他们当中有100多名机关干部，有井上前来参加回收会战的洗煤厂工人，有兄弟单位的打井施工队员，有进矿刚6天的新工人，还有几十名妇女同志。他们都不熟悉井下情况和巷道避难路线，如果组织不好，后果将不堪设想。

贾邦友静下心来考虑了一下，在脑子里画出了撤离路线图。从这里到风井口有6公里路，巷道暗，道路滑，上山坡度陡，这6公里路可真不好走。仅是425大巷到125巷就要爬800米上山，从125大巷到70回风道还有300多米上山，然后才能到达风井口，困难的确不小。

特别是到最后的关口——风井的梯子道，每次只能上一个人，这1000多人着急拥挤怎么办？万一维护不好秩序，就会造成人身事故。这时，他想到了组织，想到了群众。

于是，贾邦友立即召集各单位的负责人开一个"火线"紧急会议。大家争先发言，提出了一个个建议。他根据大家的意见，当即决定：

一、成立井下临时党支部和指挥部，由他担任书记和指挥。

二、大家要看到光明，增强勇气；在撤离过程中，一定要遵守纪律，团结互助，服从指挥。

三、队伍撤退的顺序是，兄弟单位的同志先走，然后是井上工人、采煤工人，最后是机关干部。

四、党员、干部在关键时刻要经得住考验，舍己为人。各单位都要先群众后党员，先工人后干部，领导必须最后撤离。

最后贾邦友宣布了撤退路线，并提醒大家照顾好女同志和体弱的同志。

撤退行动开始后，大家秩序井然，彼此互相搀扶，不让一人掉队，很快就到达 800 米上山的下坡头，大家开始攀登。当时余震不断，贾邦友和临时指挥部的同志一会儿走在前面，一会儿走在后面，嘱咐大家注意安全，鼓励大家加快速度。

在800米上山的途中，有人摔倒了，马上有人把他扶起；有人体力不支，就有人在前面拽，后面推，那情景十分感人。大家有着一个共同的信念：战胜死神，安全返回地面。

征服了800米上山，又走过了125大巷，爬上了300米陡坡，才到达最后也是最紧要的关口，即风井口。

他们来到风井口附近，这里的条件十分险恶，通往地面的梯子间直上直下，平时没有人使用。这梯子长达90多米，分为14节，每次只能上一个人，头上淋水似瓢泼大雨，不停地倾泻。上的人多，会造成拥挤，甚至梯子倒塌。梯子一塌，上井的路就断了，余下的人处境会十分危险。上人少了，又拖延时间，如果地震再次发生，井口变形，这些人便会失去生存的机会。在这种情况下，只有一条路：那就是绝对维护好秩序，做到紧而不乱，以最快的速度按顺序撤离！

于是，在各单位清点完人数后，贾邦友让机关干部担任临时维护队员，维护好先后次序，坚决按撤退的决定办。登梯子异常艰苦，头上大雨瓢泼，脚下梯子直晃，一人紧挨一人地往上攀登。

有的女同志连累带惊吓，腿软了，登不上去，其他人就在前边拉，后边推，重点保护。1个、2个、3个……贾邦友一边用灯照着，一边清点着人数。

兄弟单位打井队的人上去了，洗煤厂工人上去了，各采区的工人上去了，各单位的领导在自己的队伍撤完之后都向贾邦友报告一声随队而去。等到最后机关干部撤离完毕，贾邦友和临时指挥部的同志才登上梯子向上爬。

当他爬到地面，已经是 8 时 30 分，撤退共用了近 5 个小时。大家恍如隔世，身体的疲劳、精神的紧张和胜利的喜悦混合在一起。

吕家坨矿井下工作人员无一伤亡，1000 多人在险象环生的地层深处死里逃生。

与此同时，开滦煤矿唐山矿井下工人在采区负责人带领下，新工人在前，老工人在后，群众在前，共产党员在后，1600 多名矿工从 900 米的井下，穿过狭窄、倾斜的"战备小道"，安全返回地面。

四、 全国支援

- 没有水洗脸,大家就在青草上撸一把露水洗洗。

- 医疗人员刚刚打开病人腹部,探测到修补点,突然,墙体晃动了。

- "安-2"飞机隆隆的引擎声在空中轰响。带有蒜味的马拉硫磷、敌敌畏雨雾般飘落。从早到晚,飞机不停地在85平方公里的唐山市区上空盘旋喷洒。

各地医疗队急赴灾区

1976年7月29日6时45分，上海派出的第一支医疗小分队踏上了开往天津的火车。天气十分炎热，火车车厢里更闷，估计有40℃左右。上海医疗队乘坐的卧铺车厢像蒸笼一样，让人不能安睡。

火车到达天津杨村火车站后，由于铁路受到地震的破坏，32名医疗队成员改坐飞机。天津和唐山之间飞机往来频繁，不少队员刚下飞机就恶心呕吐。他们顾不得难受的滋味了，背起二三十公斤重的药品、医疗器械踏上了抗震救灾的征途。

当晚，上海医疗队还不能进入市区，全体队员露宿在机场跑道边。大家把器材、药品围在中间，然后又让女同志睡到里圈。

机场跑道边上都是一人多高的青草，也许里面就有蛇、毒虫之类的东西。

北方的夏夜很凉，露水很重，一夜下来，同志们盖的被单都湿了。

没有水洗脸，大家就在青草上撸一把露水洗洗。

这支医疗队先后到过唐山、迁西、丰润等医疗救治点，救治过许多伤病员。在河东寨工地临时医疗点上，一位名叫陈秀珍的女性伤员，地震时被压得全身多处骨折，如今肺部感染，还伴有发热，已不能进食，处于半昏迷状态，病情十分严重。

这样危重的病人是转还是留治，全队召开紧急会议后决定留下治疗。由于伤员躺在帐篷的地上，医生、护士只好跪在地上几个小时进行清创手术。

伤员的创面严重感染，流脓发臭，蝇蛆在伤口上爬，医护人员只好用镊子一条条清除后，再用盐水轻轻地冲洗。

经过6天6夜的治疗和精心护理，病员神志清醒、体温下降，感染被控制。陈秀珍露出了久违的笑脸，说："感谢上海医疗队救命之恩。"

许多伤病员的病情好转了，而医疗队里有1/3的同志却生病了：水土不服、腹泻、发热等。

一位队员腹泻后出现脱水现象，补了500毫升葡萄糖盐水后，坚决不肯再补，说要留给伤病员用。

所有队员体重都下降了，有的队员已发热几天还在为伤病员治疗。

湖北省也派出了救治能力很强的医疗队。湖北医疗队中80%的队员是武汉市直属医疗单位的骨干，且多为外科、颅脑科专家。到达目的地后，湖北医疗队分别驻扎在唐山市外围的遵化县和丰润县，共有5个医疗点，由临时组织的省指挥部负责日常工作。

当时，骨折和颅脑损伤病人比较多，医疗队在临时搭起的帐篷里接收伤员，许多伤员因及时得到救治而脱离生命危险。

时任武汉中南医院骨科副主任的陈振光于7月29日接到通知后,率领该院45名医务人员紧急奔赴唐山,参加救援。他们带上药品、器械、放射机和饼干等,乘坐火车直奔唐山。

眼前的境况让大家震惊了,满眼断壁残垣,废墟里随处可见斑斑血迹,还不时传出伤者痛苦的呻吟。

根据安排,陈振光带领的医疗队驻扎遵化县,遵化钢铁厂成为他们的救援点。由于找不到一个像样的地方当"病房",救援队就将一座小煤山挖走,腾出一块平地,医生、伤员合住一起。

刚开始的几天里,每天都有一两百病人送到救援点,医生们不分昼夜做手术、包扎,实在熬不住了就小憩一会儿。

为减少手术病人感染,医疗队利用残破的墙体搭建起一个手术室。

8月5日下午,陈振光和外科医生徐良友等一起给一位30多岁的男伤员做膀胱修补手术。刚刚打开病人腹部,探测到修补点,突然,墙体晃动了。

"地震了!"陈振光大喊一声。来不及丝毫犹豫,大家拿起一卷纱布,盖住患者腹部,双手托起病人就往外跑。

大家用塑料布3分钟就架起一间手术室,继续手术。不料,无数苍蝇来袭,无奈只得分派两名队员拿着大蒲扇赶苍蝇。一个小时后，手术成功完成。

1976年，牛军还只是个20出头的普通外科大夫。唐山大地震发生后，作为河北的近邻，山东省派出871人组成的14支医疗队赶赴唐山，是最早到达唐山灾区的医疗队之一，牛军就在其中。到达之后，山东医疗队在机场待命。

牛军看到机场周围成片的病人呻吟着、呼救着，来不及请示，就带了两名护士和救援的解放军冲进灾区。

唐山地震发生在半夜，人们都在睡梦中。街上很多逃出来的人都没来得及穿衣服。牛军把自己的衣服脱下来给他们穿，自己白大褂里只穿内衣。

现场急救时，由于物资还没运来，他只能就地取材，用携带的敷料给伤员包扎止血，药箱里的药很快就全部用完了。他干了整整一夜，也记不清经过他的手救治了多少伤员。

7月28日7时多，秦皇岛耀华医院的医生高秀云、杨静娴和另外几名医生、护士同时接到了紧急命令：收拾东西立即出发，有任务！

大家匆忙收拾好平时用的简单医疗设备，跟着院长石建民和书记朱丽然坐上了向西进发的面包车。

医疗队到达的第一站是昌黎，这时天已经下起了大雨。由于昌黎的地震死伤情况不是很严重，因此医疗队下午开始向唐山方向转移。但是当时联结唐秦两地的唯一通道滦河大桥被震塌了，代替它的是一条用木板搭建的"临时桥"。

桥的宽度只能允许一辆车通过,桥两端由解放军把守,同时指挥车辆通过。医疗队面包车左右轮间宽度刚刚和桥相当,正紧贴着桥的边缘,稍有不慎就会栽进滦河,但车最终安全通过了。

医疗队到达古冶后,大家才意识到灾情的严重性:房子几乎都倒了。没有电,大家不得不打着手电在夜间行走,时常会踩到横七竖八的尸体。

不久,解放军冒着大雨将一批又一批从废墟里扒出来的伤员运送到他们身边。地震棚尚未搭建,只有一个临时支起来避雨用的大盖子,四面连挡风的帆布都没有,大家将这里作为了"医院"。

带队的石院长将大家分成了三个组,每两个小时轮换值班。"医院"很快就被伤员们挤得水泄不通,带来的100多个固定骨折的夹板所剩无几。几乎"连轴转"的医疗队员即便轮班下来,也没有片刻休息。

有的队员刚刚在面包车里坐下,就会被伤员们敲车窗求救的声音唤起。看着伤员们被痛苦折磨得扭曲的脸和渴望被救助的眼神,队员们打起精神继续工作,没有丝毫怨言。2时30分,医疗队再次出发,向灾情更加严重的唐山市区前进。

通往唐山的公路已被震得支离破碎,路面上时常会出现半米多宽的裂纹,面包车从古冶到唐山市区走了三四个小时。

7月30日6时左右，医疗队到达唐山市区，随后在水泥厂和已经驻扎在那里的秦皇岛市四〇八医院医疗队会合。

医院建立在废墟上，周围的遇难者遗体还没来得及清理，密密麻麻到处都是。伤势重的伤员被优先安排，一名肠破裂的11岁男孩第一个接受了治疗。高秀云作为耀华医院的代表和四〇八医院的医生们一起上了手术台，并负责整个护理过程。

到达唐山后的第三天，他们编入的队伍有负责炊事的人了。大米饭、炒土豆片儿、一碗捞米饭后剩下的米汤，大家吃得格外香甜。

在抗震救灾的11天里，高秀云、杨静娴和同事们并没觉得苦和累，最大的困难就是没有水。医疗队出发时曾经带了两个大水壶，本打算用来做手术的时候洗手用，结果却被大家当做了最珍贵的饮用水。

水是到达唐山后的第五天由解放军运送过来的，虽然每个人分到的不多，而且异常浑浊，必须沉淀很长一段时间后才可以使用，却让大家雀跃不已。

唐山地震使成千上万的人受伤。据不完全统计，震后亟待救治的伤员总数达70多万人，其中唐山市36万多人。重伤员有16万多人，其中唐山市区10万多人。这些伤员的伤情严重而复杂。

对伤员及时进行包扎治疗，特别是对危重伤员做必要的急救处理，是摆在面前的一项极为迫切的任务。

当时，按照中央抗震救灾指挥部的统一部署和要求，在很短的时间内，上海、山西等省市共派来138个医疗队，北京、济南、沈阳、昆明军区和各军兵种，先后派出了100多个医疗队。接着，内蒙古、湖南、广西、广东、江西、甘肃、宁夏、陕西、浙江、安徽、四川、贵州等省、自治区派出的医疗队也陆续赶到。

在很短的时间内，各地医疗队就在整个灾区形成了一个医疗救护网络，救治活动有组织、有领导地铺开了。

各地妥善转运安置伤员

疾驰的 9025 次列车上，一位食管烧伤的病员不能进食，北京部队军医学校医疗队的曹景新就从车站买来西瓜，一口一口地喂给伤员吃。

在千里运输线上，列车员和医护人员在列车上克服各种困难，精心照料伤员，安全迅速地转往祖国各地。

北京军区军医学校医疗队担负护送灾区伤员转移的任务。仅 7 天时间，他们就往石家庄、邯郸、焦作、南京等地运送了 4 批伤员。

一次查铺，护送队的李宗计发现一个右腿骨折的伤员伤口感染，生蛆发臭，伤势危重。他就耐心地把蛆一条一条地挑出。

一位重伤员颈椎骨折，高位截瘫，呼吸困难，医疗组郑玉光及时组织会诊，制订抢救方案，组织人员特护。在他们的精心抢救和护理下，伤员转危为安。

在整个外转重伤员的过程中，先后动用飞机 474 架次，转运伤员 2 万余人；开出专列 159 列，转运伤员 7 万余人，共外转伤员 10 万余人。

这些伤员分别被转送到吉林、辽宁、山东、河南、安徽等 9 个兄弟省和本省石家庄等地。

辽宁省在唐山发生地震后，主动分担灾区的困难，火车运，飞机载，收治了大批伤员。

接到中央通知后，辽宁省又多次召开会议，紧急部署接收伤员任务。他们响亮地提出"送多少，收多少"，每次都比分配任务多准备出一些床位。

山东、山西、江苏、河南、湖北等省，接到党中央的通知，如同接到战斗命令一样。

各省在最短的时间内，就做好了接收伤员的人员和物资准备，做到什么时候来，就什么时候接，来多少接多少。

安徽省接到收治伤员通知后，立即召开筹备会、动员会，在全省设立了84个点，组织万人担架队。

伤员列车刚一进入安徽境内，接收组的医生就立即登上火车，进行检伤分类，确定送往地点，保证伤员及时就治。

陕西省接到中央通知后，紧急动员，立即行动。在第一批灾区危重伤员到达陕西前，省交通、卫生、公安等部门密切配合，迅速组织了170多辆汽车、1000多名民兵、500副担架和大批医务人员，在西安市进行了"战前"演习。

为了使即将到来的伤员在汽车上减轻颠簸，解放军战士在车厢里装上沙子，铺上被褥，在经过的路上一趟又一趟地试行，直到将颠簸程度减到最轻为止。

接收伤员的各地负责人都极其认真、主动地参加接待、照顾和组织救治等工作。各级党委还派出慰问团，带着大批物品到医院逐个慰问伤员。

很多负责人到医院慰问时,都对伤员的抢救工作提出具体要求,有的还参加研究治疗方案。

高位截瘫伤员吴军被转送到河南省三门峡市人民医院时,曾一度不吃不喝,情绪很低落。

三门峡市委书记亲自来到吴军的床前,耐心细致地做思想工作,鼓励他勇敢地生活下去。于是吴军放弃了悲观厌世的想法,很快振作起来。

西安市红十字医院党委书记曾汝奎,是一位跟随毛泽东主席南征北战的老战士,因患败血病正在住院休息。当他听说唐山灾区的伤员要来这个医院时,立刻给伤员腾出了床位。

伤员进院后,他既当指挥员,又当护理员,给伤员端屎端尿,送药喂饭,一直到最后病倒在病房里。还有不少同志把自己的鲜血输给伤员。

在救治灾区伤员的过程中,兄弟省市工、农、兵、学、商各界人民豪迈地提出"祖国山河处处在,全国人民心连心",全力以赴支援救治工作。

河南、湖北两省党政机关、企事业单位,动员出数百台电扇,送到病房安在伤员床边。

沈阳市机车车辆厂在短短几天内就为接收伤员的医院赶制出 1000 多件医疗器械和配件。

各地被服厂的工人连夜缝制了大量的新被褥、新衣服。商业部门准备了大量的新鲜蔬菜、水果、肉类和蛋品。

伤员一入院，每个床头都摆有毛巾、肥皂、牙膏、牙刷和手纸等日用品。

发现伤员中有许多小脚妇女，长春市就派专人把全市所有库存的小脚鞋集中到一起，供伤员们挑选。

为使女伤员穿上合适的鞋，吉林六三二厂职工医院7次往返百货公司仓库更换，直到尺寸大小完全合适。

洛阳市纺织厂收治的一位72岁的老大娘是小脚，买不到合适的鞋。这个厂的职工家属——76岁的赵桂英老大娘听说后，戴上老花镜，仅用3天的时间，亲自赶做了3双鞋，送给了这位伤员。当这位伤员接到合适的新鞋时，感动得热泪盈眶，一句话也说不出来。

大连市由工人、农民自动组成的献皮、献血队，争先恐后地在医院门前排成了长长的队伍。

营口市服装一厂工人刘玉坤，一年多以前营口地震时，她父亲受了重伤，是河北省医疗队的同志们给输了血才抢救过来的。

刘玉坤也要把自己的血输到唐山伤员的身上，她等啊等，一直等到太阳落山也没排上号，便急得哭了，流着泪恳求抽血的医务人员抽她的血。

老根据地的人民就像当年照顾八路军伤病员那样，无微不至地关心和爱护灾区伤员。

延安甘泉县劳山乡农民高带才为了表达老区人民对灾区人民的心意，把自己一头近百公斤重的大肥猪献给了伤员。

宝鸡县乡村医生党汉文听说吃螃蟹对骨折有辅助疗效，就约了几个乡亲到秦岭山下去捉螃蟹。

凤翔县南指挥乡一农民5年前栽的一棵苹果树结了5个苹果，全家人一致决定把这第一年的苹果送给伤员。他们一家手捧5个苹果，推着75公斤麦子，提着10公斤油，到医院进行慰问。

晋东南地区林移村农民，派代表将慰问信和2500公斤白面送到医院。代表诚恳地对伤员们说："请收下我们的一点心意。"

太谷县1000多名小朋友自发组织起来，每人给伤员献出一个鸡蛋。他们用红纸包好，上面写着：

一颗鸡蛋一颗心，颗颗鸡蛋送亲人。

礼物虽轻，但表达了孩子们对灾区伤员真挚的感情。

山东省乳山县白沙滩乡的农民，听说烟台地区人民医院需要用一种毒性大的白带蛇为重伤员王海林降体温，就连夜上山去抓蛇。第二天清晨，白沙滩乡的农民就把毒蛇送到了人民医院，王海林的体温果然降下来了。

没有命令，没有指派，但到处都有无数的人主动来到医院为伤病员服务。

西安市碑林区南大街白云卿等25位老大娘组织了一个"老大娘服务组"到医院看护伤员。医院领导见她们年纪大了，再三劝她们回去，但没有成功。看着这些头发斑白的慈祥老人，感受着亲人般的关怀，伤员们无不备受感动。

在山东省昌邑医院，伤病员们天天看到一位解放军同志从早到晚在病房里忙碌，对待他们像亲人一样。伤病员们感激地几次问他的名字都问不出来。后来，大家才知道他是回家探亲的，而整个探亲假期就是这样在医院度过的。

伤员们在各地受到了热情接待和无微不至的爱护。

许多省、市、县主要负责人经常巡回各地检查指导，并抽调大批技术骨干，分别到各医疗点直接参加医疗抢救。

医务工作者在治疗中精益求精，不断总结经验，努力提高疗效。各地医院多次召开攻关会或经验交流会，或到外地参观学习，中西医结合，土洋共举，千方百计救治伤员。

丰南县52岁的吴秀英被转送到安徽蚌埠市时，昏迷不醒，生命垂危。医务人员经过30多个小时的观察和检查，最后确诊为脑挫伤引起的脑血肿，必须马上进行开颅手术，清除淤血。

从傍晚到清晨，经过10多个小时的紧张救治，手术获得了成功。

吴秀英的生命有了希望，但不久体温又突然升高，四肢抽搐，心脏衰竭，病情十分危急。10多名医务人员又经过6个昼夜的紧张抢救才把她从死亡线上救了回来。

唐山地区副食品公司女职工袁桂芳身受7处重伤，感染了破伤风并引发败血症，生命垂危。

袁桂芳被转送到武汉第八医院后，该院党委迅速组织起有经验的抢救班子，并请医学院教授和外科专家进行了多次会诊。

参加会诊的医生中西医结合，一位老中医亲自给袁桂芳诊断、开方、抓药、煎药。

为了抢救这位伤员，院方想尽了一切办法，还给她输了800毫升的血。

在袁桂芳高烧抽搐时，医护人员轮流给她扇扇子。经过日夜奋斗，在20天后，终于把她从死亡线上抢救过来了。

袁桂芳含着热泪激动地说："是解放军给了我第二次生命，是第八医院给了我第三次生命。"

在唐山市郊，一个千里送婴的故事传遍了千家万户。一天，运送唐山灾区伤员的飞机降落在沈阳机场。飞机上有一个已经休克的"小伤员"，她名叫俊霞，是一个刚出生6个月的婴儿。

当医务人员打开小孩的包布准备进行抢救时，忽然发现包布里露出一个纸条，上面写着这样几句话："亲爱的孩子，爸爸眼下照顾不了你。你去吧！祖国处处有你的亲人。有毛主席、党中央，你一定会活下来并幸福成长的。爸爸投入抗震救灾斗争中去了。"

看到这张纸条，在场的人无不热泪盈眶。同时，他们也感受到一种责任。

司机急忙开车把孩子送到了第三医院。医院为孩子设立了专门病房，指定医护人员负责治疗和护理。

小俊霞虽然暂时离开了亲人，但眼前有多少亲人在关怀她啊！经过医生、护士精心治疗和护理，孩子恢复得很好。

9月29日，小俊霞出院了，辽宁省委派了一名干部和两名医务人员专程把孩子送回唐山，并一直把她送到家。孩子的妈妈已经遇难，她的爸爸是唐山郊区刘营庄的一位普通农民。

小俊霞的父亲万万没有想到，这6个月的孩子真的活下来了。他紧抱着孩子，泪水簌簌地落在孩子脸上，激动得一句话也说不出来。

不是亲人胜过亲人，天灾使许许多多素不相识、非亲非故的人们聚拢到一起。

无论是伤员，还是医务工作者，都真切而具体地体会到了"祖国是我们的母亲"这句话的无限丰富的含义。党、祖国、人民融汇在一起，在每一个人的心里放射着光和热，温暖着每一个人的心。

一位70多岁的农民转到湖北治疗，当有人问他多大年纪时，他流着热泪说：

刚1岁。是毛主席和共产党给了我第二次

生命。要在旧社会，不被砸死，也得饿死，饿不死也得病死，是社会主义救了我，我要从1岁开始算我的年纪。

有一个12岁的小伤员，别人问他家里几口人，他毫不犹豫地回答："8亿！"

各部委大力支援灾区

7月28日中午,一支由铁道兵和铁路工人组成的抢修队伍,正在冒雨抢修一段被地震损坏的铁路。

唐山是联结关内外的重要铁路枢纽,地震中京山、通坨铁路均遭严重破坏。许多区段路基下沉开裂,钢轨扭曲变形。

铁道部沈阳、锦州、北京铁路局以及铁道兵立即派出抢修队,在地震当天就投入了抢修灾区铁路的紧张战斗。

驻蓟县的铁道兵4个连队,克服震后公路开裂、桥梁破坏、车辆拥挤等困难,乘汽车绕行190公里,仅用5个小时,就进入了通坨铁路抢修工地。

在唐山人民急需援助的关头,全国各部门担负起救灾的任务。为支援地震灾区,国务院先后调拨解放牌卡车1000辆。

煤炭系统接到抢救开滦煤矿矿工的命令后,火速组织抚顺、阜新、大同、阳泉、北京、徐州、南票等矿的矿山救护队,乘飞机或汽车于地震当日就赶到了唐山。

卫生部要求各省组织医疗队的命令下达后,上海市在短短几个小时内,就从56所医院中抽调了870多名医护人员,组成了50多个医疗队。

山东省卫生局于地震当天 10 时发出紧急通知，要求全省 13 个地区派出 800 多名医护人员，当晚赶到济南集合出发。

从地震发生的当日到 7 月底，短短的 4 天，全国各地支援唐山地震灾区的人员已达 19 万人。

其中人民解放军指战员 10 万人，医护人员近 2 万人，分属工业、交通、邮电等部门的干部、技术人员和工人 3 万余人……各地派出的汽车达 5000 多辆。

7 月 28 日至 30 日，仅唐山机场就起降飞机 874 架次，运进救灾人员数千人、救灾物资数千吨，解了灾区的燃眉之急。

邮电部组织了 9 个省、市、自治区邮电部门和部直属单位，共派出抢修队伍 1200 多人和大批车辆、通信设备，及时到达灾区。

紧接着，各抢修队伍按照"先沟通、后恢复，先干线、后支线，先保证重点、后逐步扩大"的原则，采取地下电缆、电台、通信车以及飞机、汽车等多种方法，进行应急抢通，保证了应急指挥，于 9 月 1 日前基本恢复了邮电通信。

军、民航空部门则迅速架起空中桥梁，承担了巨大的救灾空运任务。

指战员打破常规，增加空运吞吐量，在空投食品、内运救灾人员和应急物品、外运伤员等方面发挥了特殊作用。

据统计，震后半个月内，唐山机场起落各类飞机2885架次，平均每天近200架次，7月31日一天达354架次。

交通部以及解放军、河北省工程队、当地养路人员约3.5万人则迅速投入公路、桥梁的抢修抢建。

工程人员贯彻"交通干线、重灾区和不通车的优先修复"的原则，架设浮桥实现应急沟通，又抢修公路提高通过能力。至8月10日，唐山全区已恢复通车，保证了大量救灾人员和物资源源不断地运到灾区。

铁道部和铁道兵则从12个铁路局、6个工程局和铁道兵3个师等28个单位调来4.2万多人，投入铁路抢通工作。

到10月下旬，京山、通坨铁路的运输能力达到了震前水平。

供水部门则进行了抢修供水会战，从外省市运来了器材和1.5万米水龙带、40多吨钢管，按先易后难，尽快逐步恢复供水能力的原则，先解决临时供水，再分区分片抢修、分别供水，最后统一供水。

到10月，唐山全市共恢复水源井31眼，平均日供水量达5.2吨，基本解决了群众生活用水和部分生产用水。

组织力量防病防疫

唐山地震时值盛夏，天气炎热。遇难的人畜遗体迅速腐烂变质，对环境造成严重污染。加之城建设施全部被毁，水源破坏，厕所、下水道严重堵塞，粪便、垃圾、污物大量堆积，苍蝇大量孳生，致使环境迅速恶化。

唐山面临着新的死亡。几乎从倒塌的楼房埋下第一具尸体开始，与死亡紧紧伴行着的另一恐怖的阴影便已向唐山逼近。瘟疫！历史上，"大灾之后必有大疫"已是一条令人惊骇的必然规律。

唐山正面临着又一场灾难。抗震救灾前指后勤组的吉普车，连日在唐山地区奔波。

省前指的帐篷里，所有人的表情都是那样严肃冷峻。他们能够看见，那个妖魔的影子就在眼前晃动。

防疫专家提出了触目惊心的报告：

城市供电、供水系统中断，道路阻塞，部队和群众不得不喝坑水、沟水、游泳池水，生活于露天之中。粪便、垃圾运输和污水排放系统及城市各项卫生设施普遍破坏，造成粪便、污物、垃圾堆积，蚊蝇大量孳生。人畜大量伤亡，在气温高、雨量多的情况下，尸体正迅速腐败，尸体腐烂气味严重污染空气和环境，等等。

唐山市历年是河北省痢疾、肠炎、伤寒、乙脑多发流行区之一。现人员密集，居住拥挤，感染机会较多，传染病人又缺乏隔离条件。当地各级卫生机关和群众防病组织遭到严重破坏。指挥员们比任何人都更清楚那一切意味着什么。

据《云南地震考》记载：

1925年云南大地震，震后人民发生"闭口风"症，患者一半身体变黑，手足收缩，一两个小时即死。

震后不几天，灾区即发现传染病流行的征兆。河北省抗震救灾后勤指挥部派往灾区了解灾情的工作组写的报告称：

由于伤员多，加之天热，阴雨连绵，感冒、痢疾、肠炎等传染病开始发生，各单位普遍提出缺少消炎药、麻醉剂、止痛药、抗生素等，医疗发生严重困难。

唐山地处京东要地，平原坦荡，人口稠密，为联结山海关内外之要冲，万一疫病流行，后果不堪设想。

抗震救灾的决策者们密切关注着灾区流行疾病的发展动向。

8月2日，河北省唐山抗震救灾指挥部召开紧急会议，决定成立防疫领导小组，请求国务院派出防疫队伍，并明确提出，要采取紧急措施，坚决把肠炎、痢疾压下去。

地震后，市区群众只能饮用游泳池水、澡堂水和坑水。这些饮水中，大肠杆菌超过国家饮用水卫生标准几十、几百，甚至成千上万倍。

震后第三天，即在灾民中发现大量肠炎、痢疾病人。仅仅一周左右的时间，包括河北省抗震救灾指挥部工作人员在内的大批救灾人员染上了疾病。

唐山市区人员患病率达到10%至20%，农村患病率高达20%至30%。

解放军救灾部队昼夜兼程赶赴灾区，连续工作几昼夜，粒米未进，滴水未沾，劳动强度高，体力消耗大，极易受到疾病的感染。部队指战员多人染病，已严重影响救灾工作的顺利进行。

此外，许多病人发病后仍留在灾区与救灾人员和灾民共同生活，更增加了疾病的传染机会，加速了疾病的传播。

防疫灭病是河北省委十分重视的一项工作，把它列为与安排群众生活、恢复工农业生产相并列的"三大救灾任务"之一。

8月3日，由省军区、省总工会、省卫生局、救灾部队负责人组成的省前指防疫领导小组正式成立，并制订了"防疫工作计划"。

随后，唐山地、市、县、区、公社和参加救灾的各军、师、团、营都普遍建立了相应的防疫组织，落实了防疫措施。

8月5日前后，依照中央抗震救灾指挥部的指示，1200多人的卫生防疫队伍从上海、辽宁、黑龙江、广东、江西、甘肃和宁夏等地星夜赶来灾区。

与此同时，5万多件防疫器械和400多吨防疫药品、100多万份疫苗，也从四面八方源源运来。防疫药品的运来，对消除疫情起到了决定性作用。

为根除蚊蝇，唐山抗震救灾指挥部进行了大量的现场调查和统计，摸清了蚊蝇孳生规律，为大规模灭杀蚊蝇提供了科学依据。

唐山市及所属区、县动用防化消洒车31台、各种喷雾器1900多架、家庭用灭蚊蝇小喷子5万具、消毒药物240吨、杀虫药物176吨，广泛开展了地面消杀活动。

成千上万名医疗队员、防疫队员和其他工作人员，身背各种喷雾器，顶烈日、冒余震、攀危楼、下坑洞，对蚊蝇聚集和孳生地反复喷药施治。

考虑到灭蝇任务太重，人工消杀不解决根本问题，8月5日，国务院抗震救灾办公室调用灭虫飞机，对唐山市区、郊区、东矿区和丰南县城进行药物喷洒灭蝇。一时间,唐山上空机声隆隆,喷云吐雾,形成一幅壮观的立体消杀场面。

两架超低空喷药飞机,喷洒马拉硫磷、杀螟松和敌敌畏油剂,重灾区一天半即可喷洒一遍。

8月5日至9月6日,飞机常规喷洒药物作业95架次,超低容量作业46架次。

"安-2"飞机隆隆的引擎声在空中轰响。带有蒜味的马拉硫磷、敌敌畏雨雾般飘落。从早到晚,飞机不停地在唐山市区上空盘旋喷洒。

地面上,东方红-18型机动弥雾机、防化喷洒车、背负喷雾器和圆桶形压缩喷雾器一起开动。

飞机杀虫效果十分显著,喷药半小时后,苍蝇密度比喷药前大幅度下降了。

在杀虫灭菌的工作中,解放军救灾部队起到了重要作用。为了彻底消毒灭菌,8月4日,北京军区防化团派出了喷洒车分队。在两个月的时间里,对遗体消毒8280具,对街道废墟消毒464.5万平方米。

对于巨大的废墟,因喷枪胶管长度不够,残垣断壁死角消毒不易彻底,战士们打破常规,把3根喷枪胶管和2根发烟胶管连接起来,长60余米,对高大废墟和死角进行消毒。

在车辆开不进去的地方,战士们就用脸盆和水桶把消毒液均匀地洒在地上,有的战士裤角和袖口被药物烧破，皮肤被药物烧伤，但仍昼夜坚持工作。

那些日子里，每天都能看到一卡车一卡车的遗体向郊外运送。

每辆运遗体的车上通常有三个士兵，运送过程中，他们头戴防毒面具，坐在驾驶室的顶上。他们靠在一起，相互支撑着那倦极了的身躯。当唐山和瘟疫在进行决战的时刻，他们常常通宵达旦地工作。

上海医疗队一位女医生一天深夜起来解手。帐篷四周有很多尸体，她踮着脚，小心翼翼地走着，忽然，脚像踩着了一条胳膊。

"哎哟！"那"尸体"叫了一声，呼地坐起来。

女医生吓傻了，好半天才反应过来，那是一个裹着雨衣、在尸体堆中睡着了的士兵，一个累极了的救灾队员。当女医生看清那是一张多么年轻稚气的脸时，她的眼泪止不住地淌了下来。

为保障灾区用水卫生，防止病从口入，救灾部队四处寻找水源，修复震坏的水井，启封战备深井，调集数以百计的车辆拉水供人们饮用。除对找到的水源进行检验、消毒外，还派战士和民兵到取水现场维护秩序。

运水时，卫生人员随车护送，对拉水车辆进行消毒处理。为保证部队战士饮水卫生，部队领导机关向救灾官兵发放了500万片净水片。卫生人员走街串帐篷，对所有水缸、水桶进行消毒。

在农村，人们结合农田水利建设，及时修复了被震坏的机井和自来水供水系统；对大口井进行了清洁和消毒，各水源点定时取样化验。

设在唐山市中心某军驻地的灾区中心化验室，配备有一辆先进的野战化验车，每天24小时坚持工作，负责灾区全部水样的检测化验，一经查出水样异常，立即赶赴现场进行消毒处理。

地震后几天内，虽然大雨连绵，水源污染严重，但由于注意了饮水卫生的管理，整个灾区没有发生一起大型暴发流行病。

为了防止疾病的传染和流行，抗震救灾指挥部紧急调运几十吨大蒜到灾区。

灾区卫生部门一方面突击治疗疫患，对患者进行隔离，杜绝传染病源；另一方面通过医疗队免费发放大量药品，用以防病治病，还发动医务工作者、乡村医生和广大群众，采集大量中草药，如马齿苋、野芝麻草、杨树花等，中、西医结合，土洋并举，广泛开展群防群治。

为提高灾区人民免疫能力，灾区普遍开展了预防接种活动。地震初期，国务院有关部门及时调来80万人份的伤寒三、四、五菌苗，20万人份的乙脑疫苗，在唐山市和丰南等重灾区广泛进行预防接种。

经过艰苦的工作，到8月下旬，唐山灾区基本控制了肠炎、痢疾的流行；城市人口患病率从10%至20%降到3%以下，农村人口患病率从20%至30%降到5%以下。唐山地震灾区又一次化险为夷。

初期防疫灭灾的胜利,极大地稳定了唐山灾区的局势,标志着唐山军民完全掌握了抗震救灾的主动权。

1976年入冬,根据卫生部指示,唐山又进行了一次尸体再清理,完成了一项极浩大的工程。

次年春暖季节,唐山安然度过灾后的传染病暴发期,传染病发病率比常年还低,创造了震动世界的奇迹,大灾之后无大疫!

本书主要参考资料

《国史全鉴》 本书编委会编 团结出版社

《共和国五十年珍贵档案》 中央档案馆编 中国档案出版社

《共和国要事珍闻》 郑毅 李冬梅 李梦主编 吉林文史出版社

《瞬间与十年——唐山大地震始末》 本书编写组编 地震出版社

《我的1976：忆唐山大地震》 彭子诚 陈敬编 长江文艺出版社

《唐山大地震》 钱钢著 解放军文艺出版社

《中国唐山大地震》 郭安宁著 陕西科学技术出版社

《唐山大地震：经历者口述实录》 张军锋主编 中央文献出版社

《唐山地震亲历记》 陈祖豪著 民族出版社

《四天四夜：唐山大地震之九死一生》 李润平著 对外经济贸易大学出版社